문성희의 밥과 숨

문성희의 밥과 숨

1판 1쇄 발행 2018. 3. 19.
1판 2쇄 발행 2022. 8. 1.

지은이 문성희

발행인 고세규
사진 최해성
발행처 김영사
등록 1979년 5월 17일(제406-2003-036호)
주소 경기도 파주시 문발로 197(문발동) 우편번호 10881
전화 마케팅부 031)955-3100, 편집부 031)955-3200 │ 팩스 031)955-3111

값은 뒤표지에 있습니다. ISBN 978-89-349-8070-4 03810

홈페이지 www.gimmyoung.com   블로그 blog.naver.com/gybook
인스타그램 instagram.com/gimmyoung   이메일 bestbook@gimmyoung.com

좋은 독자가 좋은 책을 만듭니다.
김영사는 독자 여러분의 의견에 항상 귀 기울이고 있습니다.

문성희의　　밥과　　숨

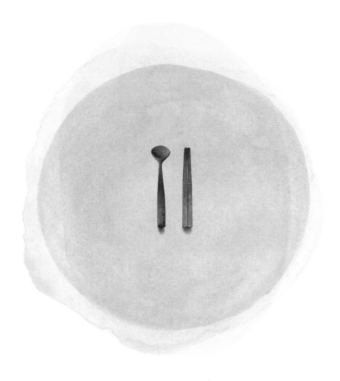

김영사

2부

홀로 그득한 밥상
몸과 마음을 살리는 한 그릇 요리

1
몸의 해독과 마음의 휴식을 위한
문성희의 죽 10가지

1부

밥 잘 먹고 숨 잘 쉬고

요리와 명상이 함께한 생존과 치유의 여정

1

먹기와
숨쉬기만
잘하면
산다

생명의 법칙

투명한 빛이 방 안에 가득해졌다.

　이지러진 데가 없는 둥근 달을 나는 누운 채로 실눈을 뜨고 바라보았다. 꿈결 같은 달빛이 넘실거리며 온몸을 어루만지는 듯한 감촉 때문에 잠에서 점점 깨어나고 있었다. 몸 구석구석이 간지러웠다. 나는 아직 덜 깬 의식으로 망설였다.

　더 깨어날까 말까. 옷을 벗을까 말까.

　그러면서도 내 손은 얇은 잠옷을 벗겨냈고, 맨살이 드러나자 달빛이 더욱 투명하게 피부 속살을 파고들었다.

　시계는 01시 35분을 넘어가고 있었다.

나는 잠에서 완전히 깨어 발가벗은 채 춤을 추기 시작했다. 내 몸은 어느 한 구석도 맺힌 데 없이 이완되어갔다.

동향의 침실은 날씨가 흐리지 않은 대부분의 아침엔 창으로 쏟아져 들어오는 햇살로 가득 채워졌지만, 넘실거리는 달빛이 방 안을 가득 채우는 날은 몇 날밖에 되지 않았다. 늘 짱짱한 해와 달리 빛이 가득 차오른 동그란 달이 뜨는 날은 많지 않기 때문이다. 햇살이 눈부신 날 아침은 기분이 상승되지만 달빛으로 방 안이 환해지는 밤에는 마음이 차분하고 서늘해졌다.

햇빛과 달빛처럼 바람도 속살을 깨워내곤 했다. 바람은 세차면 세찬 대로 부드러우면 부드러운 대로 세포 사이사이 파고들어 몸을 씻어내는 듯했다.

산에서 사는 동안 햇살과 달빛과 바람에 몸을 내맡기면 생명의 빛과 에너지로 채워진다는 것을 알게 된 나는 도시에 살면서도 이들이 포착되는 순간들을 놓치지 않으려 했다.

사람이 없는 길을 걸을 때나 한적한 공원의 나무 벤치에 앉았을 때 햇살과 바람을 깊이깊이 빨아들였다. 물 또한 바람이나 햇빛, 달빛처럼 몸을 정화시키고 생명력을 키워주는 도구였다. 가끔 목욕탕에 가서 부드러운 물에 온몸을 맡긴 채 욕조에 몸을 담그면 차가운 물은 몸을 단단하게 여며주고 뜨거운 물은 몸을 늘어뜨렸다. 찬물과 더운물에 번갈아 몸을 담그는 동안 몸은 물과 경계가 없어지면서 정화되었다.

내가 먹는 음식의 재료 또한 땅에 뿌리를 내리고 바람과 빛과 물을 통해 자라나면서 형체가 단단해진 다음 먹잇감이 되어 내 몸 안으로 들어와 생명을 만든다. 무형으로 내 몸을 감싸고 있는 이 빛과 바람과 물 없이는 온전하게 형체를 갖춘 생명체가 될 수 없다.

그것은 문명을 멀리하고 숲에서 사는 동안 무수한 낮과 밤, 그리고 봄 여름 가을 겨울을 거치면서 자연스럽게 알게 된 이치다. 이 쓸모 있는 지식을 학교에서 배울 수는 없었고 배우는 데 돈이 들지도 않았다. 돈을 주고 사지 않는 것, 돈을 주고도 살 수 없는 이 생명의 법칙은 도시와 시골을 가리지 않고 적용되었다.

마음의 눈을 뜨면 보이는 것들, 마음속 깊은 속삭임에 귀 기울여 듣는 지혜를 실생활에 사용하면 의외로 많은 수확을 거두어들일 수 있다.

나는 주어진 한계 속에서도 나에게 부여되었을 생명의 가치와 생명의 지속성을 믿었다. 창을 열어 내 방 벽들이 가로막고 있는 공기의 흐름을 원활하게 하는 것처럼, 어떠한 한계도 영속적이고 위대한 생명 에너지의 흐름을 방해하거나 막을 수 없었다.

나는 나의 마음에 갇히는 것을 거부하고 마음에 드리워진 휘장을 걷어내어 투명한 자연의 빛을 온몸과 마음으로 받아들일 준비를 끝냈다.

시계는 03시 44분을 가리키고 있었다.

밥심과 숨심

바깥으로 향하려는 마음을 다잡아 안으로 넣는 것만이 마음을 편히 쉬게 한다. 그냥 두면 나의 마음은 인도 아부산의 잿빛 원숭이처럼 이리저리 날뛸 기회만을 엿본다.

마음의 고삐를 잡아채 시선을 안으로 돌리면 수많은 불행의 핑곗거리가 제어된다. 모든 것이 내가 있음으로써 일어나는 일이기 때문이다. 만약에 내가 존재하지 않는다면 세상도 존재하지 않을 것이다.

내 안을 잘 지켜보고 있으면 외적인 것들이 모두 사라지고 오직 존재함만이 남는다. 존재함 외에는 아무것도 중요하지 않다. 존재하기 위하여 필요한 것은 오직 두 가지, 숨 쉬는 것과 밥 먹는 것이다. 숨심과 밥심을 가지고 턱 버티어 서서 우주 한 가운데 내가 있음을 보는 것이다.

밥심으로 내가 살아간다는 것은 단식을 하면서 알게 되었다. 아사를 목전에 둔 상태에서 내가 얼마나 버틸 수 있는지, 인간으로서의 존엄을 얼마나 유지할 수 있는지 절실히 깨달았다.

배를 든든히 채우는 데만, 맛있게 먹는 것에만 관심을 두지 않고, 밥을 먹을 때와 먹지 못할 때 내 마음이 어떻게 변하고 내 몸이 어떻게 반응하는지 관찰하기 시작하면서 밥을 대하는 나의 태도가 달라졌다. 나는 밥을 존중하고 밥에게 예를 갖추게 되었다.

먹는 목적을 오직 존재함에 맞추면 삶이 정렬되고 가벼워진다. 가벼워진 공간 사이로 스며드는 영혼의 속삭임에 귀를 기울이는 시간은 참으로 달콤하다.

산소가 희박한 마날리 고갯길을 넘으면서 발길을 떼기 어려울 때 숨의 힘이 얼마나 대단한가를 알게 되었다. 폐가 충분히 부풀어 오르지 못할 때, 산소가 부족하여 몸 안의 혈액이 제대로 순환하지 못할 때, 나는 오직 숨 쉬는 일에만 몰입할 수밖에 없었다. 살기 위한 것이었다. 이때는 숨심만이 나의 존재를 드러내주었다.

다른 무엇이 필요한가?

단식을 하면서, 히말라야를 넘으면서, 밥심과 숨심 이 두 가지 힘만 가지고도 살아갈 수 있다는 걸 뼈저리게 느꼈다. 존재한다는 것은 그런 것이었다. 숨쉬기를 멈출 때, 밥 먹기가 끝날 때, 나는 이 세상의 모든 것으로부터 떠나게 된다.

나는 오늘도 나의 숨결을 헤아리고 한 그릇의 밥을 먹는 것으로 살아간다.

무엇이 더 필요한가

사람들은 부싯돌이나 성냥으로 불꽃을 만들어내 마른 삭정이에 불을 붙였다. 제때에 불길이 치솟으면 쌀을 넣은 질그릇을 불 위에 얹고 재료가 익을 때까지 기다리는 동안 하늘과 땅 사이의 만물을 생각했다. 이윽고 잘 익어 뜨거워진 밥을 나누는 행위는 그 자체로 제례 과정이었다.

인류의 역사가 시작되었을 때부터 불을 지피고 음식을 만들어 나누어 먹는 것은 생존을 위한 원초적인 행위였다. 생존할 만큼 배를 채우고 몸을 누일 자리가 있고 친구가 있으면 사람들은 언제든지 노래를 부르고 춤을 추었다. 음식을 만드는 시간은 길고 먹는 시간은 잠시였으나, 춤추고 노래하는 시간은 길고 길었다. 때로는 밤 깊은 시간을 지나 새벽이 올 때까지 춤추고 노래 불렀다.

아프리카, 아랍, 몽골의 오지 곳곳에는 아직도 그렇게 사는 사람들이 있다. 유목의 삶은 이토록 원초적이다. 그래서 끊임없이 유목인들이 사는 곳을 찾아보고 싶은 욕망이 일어나는 것일까? 오로지 살아 있음으로써 존재하고 그렇게 존재함 이외에는 더 필요할 것이 없는 삶을 나는 언제부터 잃어버린 것일까? 그토록 단순하고 가벼우면서도 뜨거운 생의 희열을 기억조차 할 수 없게 된 것은 언제부터였을까?

진정으로 존재한다는 것은 내가 내 존재를 잊지 않는 것이며, 나의 존재함에 깊은 경의를 표현하는 것이다. 이렇게 단지 있는 상태, 그 존재의 상태에 대한 크나큰 희열을 되찾은 이후로 나는 점점 더 음식을 간단히 먹게 되었다. 때로는 불의 힘을 빌리지 않고도 먹고 살 수 있을 것 같았다. 단순하게 조리하고 반찬 없이 밥을 먹을수록 사유의 힘이 커져갔고 삶을 찬양하기가 더 쉬워졌다.

맛있는 것을 잘 챙겨 먹는 즐거움도 크지만 맛에 매이지 않는 여유를 지닌 채 먹는 기쁨 또한 그에 못지않게 컸다. 즐거움으로 삶을 채우지 않고서도 행복할 수 있음을 발견한 것은 크나큰 복이었다.

무엇이 필요한가? 숨 쉬는 것 외에, 배고픔을 면하는 것 외에, 살아 있음을 감지하는 것 외에 무엇이 더 필요한가?

살아간다는 것은 신명身命을 하늘에 바친다는 것이고 그것은 곧 제례나 다름없다. 죽은 자가 아닌 산 자를 위한 제사야말로 신명神命을 우러러 생명을 지켜내는 일이고, 그러니 매일 밥 짓는 일은 제사를 준비하는 제사장의 역할일 것이다. 그 사실을 깨달은 뒤로 나의 일상적인 살림의 의미가 되살아났다.

하늘의 은총과 땅의 자비를 드러내는 데는 맑은 물 한 잔과 밥 한 공기면 충분하다. 너무 많은 것을 보고 너무 많은 것을 생각하고 너무 많은 관계를 맺으면 점점 복잡해지고 할 일이 많아져서 가볍고 단순한 생존이 주는 희열을 잃어버린다. 나는 맛있는 것을 포기하고 삶의 희열을 얻고 싶었다. 진짜로 맛있는 것은 하늘의 은총과 땅의 자비가 채워줄 것이기에.

몸은 알고 있다

모든 식품에는 고유한 성질이 있다. 영양 물질과 칼로리 말고도 그 식품이 가진 파동과 에너지가 우리 몸에 들어와 작용을 한다.

파, 마늘, 양파 등이 지니고 있는 파동은 몸 안에서 강렬하게 급회전하며 뜨거운 열을 공급해준다. 그 덕에 몸에 힘찬 에너지가 생겨나는데, 그것은 동시에 의식과 감정에도 영향을 끼친다. 마음과 생각을 차분하게 만들어 뭔가에 집중하려는 의지를 교란시키기도 하는 것이다. 따라서 평정심과 집중력을 유지하는 데는 방해가 되는 식품이다.

따뜻하고 매운 성질을 가지고 있으면서도 그 파동이 거칠게 휘돌지 않는 식품으로는 산초, 후추, 겨자, 강황, 생강 같은 것들이 있다. 이들은 몸 안의 불순물을 분해하고 몸을 따뜻하게 돌보아준다. 집중력과 평정심을 유지하고 싶다면 오히려 이런 식품들이 좋다. 무엇을 먹을지는 각자의 필요에 따라 선택하면 될 것이다.

오신채五辛菜(자극성이 있는 다섯 가지 채소, 즉 파, 마늘, 부추, 달래, 양파)를 먹지 않는 나의 섭생법이 궁금한 사람들에게 위의 이야기를 해준다. 누구도 나에게 오신채를 먹지 말라고 한 적은 없다. 곡식과 채소를 햇볕에 말려 가루를 내어 먹으면서 몸이 점점 가벼워졌다. 마치 세모시 사이로 실바람이 드나들듯 내 몸의 세포 사이로 들락거리는 공기의 움직임이 느껴졌다. 가벼운 음식을 먹으면 몸의 세포들이 변하기도 한다는 것을 그때 처음으로 알게 된 나는 생식만을 먹고 살기로 마음먹었다. 오래전 요리학원의 문을 닫고 마당이 있는 부산 변두리로 이사한 것은 그 때문이었다. 그때부터 음식에 파, 마늘을 넣지 않게 되었다.

단식과 생식으로 단련된 나의 몸은 점점 더 예민하고 가벼워졌다. 자정 능력과 자생 능력이 본래의 생명에 깃들어 있으며 자연이 이 생명력을 극대화시켜준다는 것을 점점 더 섬세하게 느끼게 되었다.

몸의 세포가 성글어진다는 말을 들어본 적이 있는가? 본래 우리 몸은 절연체가 아니기 때문에 세상에 존재하는 모든 전기와 자기의 에너지와 헤아릴 수 없는 원소들이 춤을 추며 들락거리게 되어 있다. 이때 생명은 저절로 자정되고 자생한다. 이런 파동을 몸 세포가 감지하게 되면 무엇을 먹고 살아야 하는지 저절로 알게 된다. 이것은 지식이 아니기 때문에 결코 잊혀질 수 없다.

몸은 자연스럽게 주변의 에너지에 반응한다. 내가 이것을 감지하느냐 못하느냐의 차이는 내 몸의 세포가 얼마나 열려 있는가의 차이일 뿐이다. 몸 세포가 처음 그대로의 모습으로 열려 있으면 자연이 주는 치유의 힘이 저절로 작동한다. 어떤 음식을 어떻게 먹고 사는 게 좋은지는 스스로 알아가게 되어 있는 것이다.

부엌 공간 '시옷'

딸아이와 서울 연희동에 '시옷'이라는 공간을 만들었다. 이곳
에서 우리는 음식을 만들어 팔기도 하고 음식 하는 법을 사람
들과 나누기도 한다. 시옷의 뜻이 무어냐고 사람들은 묻는다.
우리도 되묻는다. "글쎄요, 시옷 하면 떠오르는 게 있지 않아
요? 어떤 게 떠오르세요?" 사람, 사이, 생명, 샘, 사랑, 솟다,
산, 소나무 등등 많은 단어들이 나온다. 사람들이 실어준 의미
들에 우리는 만족한다.

"그래, 그 모든 것이야."

아이의 아빠와 아이와 나의 이름 가운데 글자 속에 시옷이

있다. 김상화, 김솔, 문성희. 아이와 나는 이 정도로만 생각하고 있었다.

시옷에서 딸 솔과 나 단둘이 일한다. 처음부터 우리는 사람을 두지 않고 둘이서 할 수 있는 만큼만 일하기로 원칙을 세웠다.

음식을 판다는 것은 다른 물건을 파는 일과 다르다. 생명에 직접적으로 관여하는 일이기 때문이다. 재료를 씻고 다듬어 조리하는 과정과 설거지하고 청소하는 과정 모두에 깃드는 파동이 흔적을 남겨서 그 음식을 먹는 사람에게 영향을 끼친다. 우리는 이 일을 고요하고 조용하게 하고 싶었다.

태어나기 전 엄마의 뱃속에 있을 때부터 요리하는 엄마의 영향을 받았을 아이는 커가면서 요리는 절대 하지 않겠다고 했다. 요리를 하는 외할머니와 엄마가 너무 힘들어 보였기 때문이라고 했다.

아이는 별난 부모 때문에 평범하게 자라지 못하고 굴곡진 성장을 했다. 고등학교를 그만둔 뒤 혼자 공부하여 검정고시를 통과했고, 대학에 가려 했으나 자신이 원하는 학과를 찾지 못했다. 어릴 때부터 그림을 그리게 한 것은 잘한 일이었다. 사람들과 섞이는 것이 서툰 아이에게 내면을 풀어낼 장치가 필요하리라 싶어 초등학교 때부터 화실에 보냈었다. 스승 복이 많은 아이는 훌륭한 화가 선생님의 지도 아래 입시 미술로 들볶이지 않고 그림 연습을 할 수 있었다.

공부할 시기를 놓친 아이는 사람들 속으로 섞여 들어가는 것이 점점 더 어려워졌고, 홀로 수천 편의 영화를 보는 것으로 인생을 배워나갔다. 자취를 하면서 제때 제대로 된 밥을 먹지 못하고 패스트푸드로 끼니를 때울 때가 많았던 아이는 건강을 잃으면서 결국 엄마 곁으로 돌아왔다. 엄마의 요리 수업을 도우며 차츰 건강을 되찾자 아이는 비로소 요리에 관심을 갖게 되었고, 그러면서 우리 둘만의 연구 공간이자 실험 무대가 되는 식당을 열기로 했다. 아이는 이곳에서 사람을 대하는 법도와 음식을 만드는 법도를 익히게 될 것이었다.

"네가 삼 년 동안 온 마음과 힘을 다해서 이 일을 한다면 앞으로 네 인생의 큰 밑거름이 될 거야."

식당이 워낙 작아서인지 손님들이 드나들 때도 소란스러움이 없지만, 손님이 없는 많은 시간 동안 시옷은 나에게 '아쉬람 ashram'(수행자들의 거처)이 된다.

아침 여덟시, 집에서 나와 십 분쯤 걸어 시옷으로 가는 내 마음은 환하고 따뜻하다. 문을 열고 들어가 구석구석 깨끗이 걸레질을 하다 보면 신성한 신전을 청소하는 듯 충만감이 차오른다. 밥을 준비하면서 나의 마음은 감사함으로 피어오른다. 순간 순간의 나의 손짓과 몸짓은 오직 밥을 짓는 행위에만 몰입

된다. 신전에 밥을 공양해 올리듯 밥을 짓는다.

　일하는 사이사이의 고요함은 마음을 차분하고 명징하게 만들어준다. 바쁘게 보이지만 실상은 바쁘지 않다. 사이의 시간, 그 여백의 맛을 깊게 음미하고 있다. 내가 살아온 모든 시간을 통틀어 가장 여유로운 시간처럼 느껴질 때도 있다. 오래전 임기리 철마산 상곡마을에 살던 때와 비슷한 기분이 들기도 한다.

　시옷과 집 말고는 다른 곳을 오가지 않는다. 때로 어디 가볼까, 뭘 하고 싶나, 생각해보지만 그냥 이대로 좋다. 한동안, 어쩌면 아주 오랫동안 이 상태가 계속될 것 같다.

　무엇보다 아이가 이 일을 진심으로 하고 있어 고맙다. 이렇게 젊을 때 자신의 길을 스스로 선택하여 찾아갈 수 있다는 것은 축복이다. 아이가 식당 주인으로 살아갈지 요리 선생으로 살아갈지 다른 무엇으로 살아갈지 그런 것은 중요하지 않다. 스물여섯의 나이에 손수 장을 보고 설거지를 하며 사람들의 식사를 준비하고 살림 꾸리는 법을 배우는 것만으로도 살아갈 힘이 될 것이다.

　밥심과 숨심, 이 두 가지가 튼실하면 세상이라는 바다를 무사히 건너갈 수 있으리라.

사이의 여백

지난 이십여 년 동안 언제나 그래 왔듯이 새벽 네 시에 눈이 뜨인다. 이 시간은 수많은 사람들의 명상 시간이다. 나에게는 하루를 사람답게 살기 위하여 마음을 명징하게 가다듬는 시간이다. 나는 오래전부터 이 시간을 이렇게 사용하도록 길들여왔다. 아침을 잘 맞이하면 하루 시간을 낭비하지 않고 잘 사용하는 데 도움이 된다. 나의 생각과 감정을 컨트롤하는 데도 도움이 된다.

아침에 장을 잘 비우는 것 또한 하루를 여는 요식 행위이다. 발가벗은 몸으로 화장실에 들어가 장을 비운 뒤 뜨거운 물로 샤워를 한다. 몸이 이완되고 배가 따듯해지면서 편안해진다. 노폐물은 피부를 통해서도 걸러지기 때문에 장 청소를 한 뒤엔 몸을 씻어주는 게 건강에 크게 이롭다. 요가 수행자인 요기들은 이 행위를 아주 중요하게 여긴다. 아침은 가볍게 따듯한 죽이나 생식으로 먹는다.

점심밥을 잘 먹어주면 그날 몸을 보살피는 일을 충실히 한 셈이다. 바쁜 직장인들은 어떻게 해야 할까? 자신을 보살피는 노력과 스스로에 대한 관심을 놓치지 말아야 한다. 이 복잡한 세상 속에 휘말려 들지 않으려면 정신을 바짝 차리는 수밖에 없다.

나는 되도록 바깥 음식을 멀리한다. 먼 곳으로 갈 때는 도시락을 싸기도 한다. 바깥 음식을 안 먹어서 좋은 점은 시간 낭비가 적다는 것이다. 밥을 먹으면서 관계를 맺기도 하지만 부산스럽게 먹는 밥은 에너지를 주기보다 빼앗을 때가 더 많다.

"내적 추구는 '홀로 있음'이고 삶의 양식은 '더불어'이다."

스무 살 시절의 일기에 적혀 있었던 청년 시절 나의 가치관이다. 나는 홀로 있으면서 더불어 살아가는 방법을 줄곧 찾아왔다.

텔레비전과 신문 없이 살아온 것이 이십여 년 되었다. 텔레비전이 없어도 컴퓨터와 스마트폰으로 세상 구경을 하게 되면

서 정신이 산란해졌다. 나는 이 산란함으로부터 나를 지키기 위한 수단으로 외식을 경계했다. 밥을 먹으면서 쓸데없는 수다가 늘어나기 때문이다. 종종 혼자 지내며 심저心底로 들어가야만 휴식을 즐길 수 있다. 시간과 시간 사이, 생각과 생각 사이, 사람과 사람 사이, 이 사이의 여백이야말로 심저로 들어갈 수 있는 기회이고, 이 기회를 적절히 활용할 때 에너지가 비축된다. 에너지를 잘 활용하면 창조성이 커지고 창조성이 커지면 불가능해 보이는 많은 일을 가능한 것으로 바꿀 수 있다.

둘러앉은 밥상도 좋지만 의미 없이, 맥락 없이 단지 외로움을 달래기 위해 누군가와 함께 먹는 것보다는 고요히 음미하며 홀로 먹는 밥에 진기眞氣의 에너지가 더 담겨 있을 수 있다. 스스로 자기 생명의 존엄성을 깨닫고 스스로를 돌보는 것이 먼저다. 자신의 힘을 회복한 뒤 그 힘을 나누어야 한다. 함께하는 것이 서로에게 도움이 될 때라야 그 힘이 확장된다.

먹는 행위의 중요함을 깨닫고 잘 먹으면 스스로의 생명 에너지를 보존할 수 있다. 에너지를 흩트리지 않으려면 잘 골라서 먹고 이리저리 배회하며 너무 많은 것을 보지 않도록 노력하는 것이 좋다.

아침부터 저녁까지 무엇을 먹고 어떤 사람을 만나고 무엇을 보고 어떤 일을 하고 어떻게 잠자리에 드는가에 따라 삶의 질이 달라진다. 오늘을 잘 마무리하면 내일이 쉬워질 것이고, 새벽의 시간을 잘 맞이하면 하루의 기둥이 바로 선다.

매일 되풀이되는 이러한 것들, 그것이 인생이다.

법칙의 아름다움

식복과 인복을 타고났다. 수많은 사람들의 관심과 애정과 도움으로 지금까지 험난하지 않게 살아왔고, 직업이 요리 강사였으니 먹을거리는 늘 다양하고 풍족했다. 평생토록 나 자신이 먹기 위해 따로 장을 보지 않아도 먹을거리가 부족하지 않았다.

　지난 추석은 열흘이나 연휴가 이어지는 바람에 집에서 음식을 만들어 먹어야 했으므로 시옷에 남은 음식 재료들을 한가득 집으로 싸들고 왔다. 모자란 나물거리는 '한살림' 매장에서 사왔다. 얼굴을 아는 농부들로부터 사과와 포도를 한 상자씩 택배로 받아두었다. 그렇게 작은 냉장고가 가득 찼고 좁은 다용

도실도 음식 재료가 가득했다.

딸과 둘이서 열흘 먹을 음식 재료이니 하루에 두 끼 먹는다 치고 계산해보면 마흔 명이 한 번에 먹을 수 있는 양이었다. 이 많은 재료들을 다 먹을 수 있으려나 싶었지만, 둘이서 야금야금 먹다 보니 열흘 뒤 냉장고는 텅 비워졌다.

처음에는 한 알의 작은 씨앗에 불과했던 어떤 가능성이 땅에 심어져 흙에 뿌리를 내리고 햇빛과 공기와 비로 키워지는 동안 형체와 성질을 달리하여 산나물이 되고, 콩나물이 되고, 무와 감자가 되고, 쌀이나 과일이 되어서 나를 위한 먹을거리가 된다. 씨앗 이전에는 눈에 보이지도 않는 원소 또는 미립자에 불과했을 어떤 것들이 씨앗이 되고 꽃이 되고 열매가 되어 뿌리째 뽑혀 내 식탁에 오른다. 농부들은 이렇게 '무無'에서 '유有'를 창조해낸다. 농부들의 창조 작업은 지구상의 모든 것이 협조했기에 가능한 일이다.

무에서 유로 변환되는 것, 그 자체가 '공즉시색空即是色'이다. '유'가 되어 손에 만져지고 눈에 보이고 몸으로 감촉되는 물질로서 잘라지고 데쳐지고 볶아지고 익혀지고 무쳐져 내 밥상에 놓이고 나는 이것들을 입으로 가져가 씹어 삼킨다. 방금까지 또렷한 형체로 그릇에 담겨 있던 그것은 눈앞에서 사라져 다시

금 '무'가 된다. '색즉시공色即是空'이다. 그러나 말랑말랑하기도 하고 단단하기도 하고 촉촉하기도 하고 딱딱하기도 한 것들이 내 몸 안에 들어와 모양을 달리한 채로 존재하고 있으니 '무'가 아니라 '유'인 것인가? 아! 그래서 또다시 '공즉시색'이구나!

화장실에서 똥을 누는 동안 나의 생각은 이렇게 꼬리를 물었다. 내 몸의 일부였던 것들이 똥과 오줌이 되어 몸 밖으로 빠져나오고, 더운 물로 샤워를 하는 동안 내 몸의 아주 미세한 각질들은 떨어져 나간다. 처음에는 세포와 물질이었으나 곧 원소로 공기로 환원될 것들. 아! '색즉시공'이구나!

그렇다면 내가 나라고 알고 있던 나는 누구이고 어디에 있나? 내 몸이 이렇게 시시각각 변하고 형체를 달리하건만 나는 왜 내가 이다지도 견고하다고 믿고 있단 말인가?

아! 니르바나Nirvana(열반)는 죽은 뒤의 '저기'가 아니라 살아 있는 지금 '여기'구나. 한순간도 멈추지 않고 변화하는 이 지구 안에서 변하지 않고 멈추지 않고 뿌리를 깊이 내리고 싶어 몸부림치는 가련한 인간이 바로 나로구나.

오늘 아침 똥을 누고 몸을 씻으며 비워진 장이 홀가분하여 아침밥으로 무엇을 먹을까 생각하며 냉장고 안을 더듬다가, 매일매일 먹어치우는, 눈에 보였다가 만져졌다가 끝내 사라져버린 그 음식 재료들을 통해 공과 색을 떠올리게 되고, 있음과 없음의 경계 자체가 없음을 다시 한 번 절실히 깨닫는 중이다.

아! 묘한 세상, 신비로운 세계, 법칙의 아름다움이여!

생식의 생명력

먹을거리 재료들을 익히거나 볶으면 산패되기 쉽다. 볶은 재료들을 가루로 빻으면 산패 속도가 빨라진다. 그래서 먹기 직전에 빻는 것이 좋은데 익히지 않은 생식 가루는 산패가 거의 일어나지 않는다. 햇볕에 잘 말려진 재료가 가루가 되어 혼합되면서 오히려 효모가 많아진다. 2000년 즈음 신라대학교의 최영주 교수와 공동 연구를 한 바에 따르면 일상식보다 자연 건조한 생식이 효모와 철분, 칼슘의 함량이 월등하게 많은 것으로 나타났다. 의외의 결과였다.

채식에는 식물을 날것으로 먹는 방법과 익혀서 먹는 방법이 있다. 익혀서 먹는 것은 굽거나 찌거나 삶거나 데치거나 튀기거나 볶거나 졸이거나, 아무튼 다양한 맛을 즐길 수 있지만 생으로 날것 그대로를 먹는 것은 원시적인 느낌이 든다.

식물을 다양한 조리법으로 익혀 먹는 것을 '숙채식'이라고 하고, 날것 그대로, 생긴 모양 그대로 먹는 것을 '생채식'이라고 하며, 햇볕과 바람에 말려서 먹는 것을 '건채식'이라고 하고, 절이거나 발효시킨 '저장식'도 있다.

열에 의해 변성된 식품보다 날음식을 먹으면 세포가 훨씬 더 빠르게 활성화된다. 부드러운 음식만을 먹게 되면 위와 장은 열심히 일하지 않아도 되어서 점점 무력해지고 근육과 세포가 느슨해진다. 몸 안에 노폐물이 쌓이기 시작하고, 면역력이 떨어지고, 호르몬이 온전하게 작동하지 못하게 된 것은 음식과 관계가 깊다.

인류가 불을 발견하기 전까지는 무엇이든 날것 그대로 먹었을 것이다. 어느 날 우연히 산불이 나서 타 죽은 동물을 먹어보니 먹을 만했을 것이다. 불에 익혀진 음식은 부드럽고 풍미도 있었을 것이고, 소화가 잘되고 속이 편안해지는 것을 느꼈을 터이지만 유목의 삶에서 다양하게 익힌 음식을 만들기가 쉽지 않으니 정착하기 위해 노력했을 것이다. 햇빛 쏟아지는 강가의 넓고 비옥한 땅에 자리 잡고 불을 다루는 기술을 늘리면서 익힌 음식을 더 자주 많이 먹게 되었을 것이다. 이로부터 수천 년에 걸쳐 화식을 해온 인류의 DNA에는 익힌 음식에 대한 기호와 익숙함이 새겨져 있을 것이다. 그렇게 인류의 식생활사가 진화하면서 화식의 즐거움을 누릴 수 있는 방법은 점점 더 다양해졌다. 하지만 먹는 것이 생명을 유지하기 위한 수단이 아니라 탐욕을 충족시키기 위한 목적으로 전락한 오늘날의 음식 문화는 지구의 생태계를 교란하고 개인의 건강을 위협하고 있다.

나는 생채식을 하면서 몸과 마음이 빠르게 재정리되어 감각이 살아나는 것을 경험할 수 있었다. 생채식 중에서도 햇빛과 바람을 통해 잘 말려진 건채식이 반드시 필요한 영양식이라는 것도 알게 되었다.

생채식으로 얻게 된 몸과 마음의 가벼움이 나에게 생의 전환점을 가져다주었고, 삶의 형태를 바꾸어 살아가면서부터 하나둘 새롭게 배우고 익히게 되었다. 내가 늘 만지고 먹어왔던 씨앗들의 색이 이토록 다채롭고 곱다는 것도 이때 비로소 알게 되었다. 식물의 세계는 아름답고 신비로웠다. 둥근 채반 위에서 말려지고 있는 율무, 적두, 녹두, 검정콩, 푸른콩, 흑깨, 참깨, 들깨, 보리, 밀, 메밀, 차조, 메조, 기장, 수수, 녹미, 적미, 흑미, 현미가 형형색색 영롱한 빛을 발했다. 이들은 홀로 있을 때보다 섞여 있을 때 더 예쁘게 보였다. 씨앗들은 자기만을 고

집하지 않는다. 낱낱이 흩어져 홀로 있을 때는 나약하고 초라하지만 더불어 있으면 에너지가 증폭된다.

이 낱알들은 생명의 원천인 씨앗이며, 이 씨앗 속에 잠재된 생명력은 완전함으로 존재한다. 한 알의 씨앗에는 모든 영양소와 에너지가 통합되어 들어 있다. 씨앗에 있는 토코페롤과 단백질과 비타민과 무기질 같은 영양 성분들은 보이지도 않고 만져지지도 않지만 그 밖의 수많은 원소나 에테르들과 협력하여 수많은 생명체들을 일구어낼 준비를 완벽하게 갖추고 있다. 이 잠재된 생명력이 현상계에 나타나려면 흙과 물과 공기와 햇빛의 도움이 절대적으로 필요하다.

씨앗들은 무한한 가능성의 형태로 생명력을 품은 채 다른 숱한 생명 종을 번성케 하려는 단 하나의 목적을 가지고 이 땅에 온 것 같았다. 열매를 맺어 그대로 흙에 떨어져 썩어가는 것도, 사람에게 먹혀서 분해된 다음 더 큰 죽음과 해체의 과정을 거치며 사람의 새로운 세포를 만드는 것도 진화를 위한 과정이라고 느껴졌다.

나는 씨앗들을 정성들여 씻어 말리면서 이 생명 현상들에 대하여 눈을 뜨게 되었다.

햇빛, 바람, 이슬과 화합하여 잘 말려진 씨앗들과, 그 뿌리와 잎을 고루 섞어 가루로 만들었다. 식물의 몸속에서 수분과

함께 녹아 있던 미네랄 성분은 수축되면서 응집되었고, 햇빛 속의 여러 광선들에 의해 새로운 성분으로 합성되었다. 화학적 방식으로 합성된 것은 부작용이 있을 수 있지만 자연 합성에는 부작용이 없다. 자연의 성질 자체가 모든 생명체에 유익함을 주기 위하여 준비되어 있기 때문이다.

가루로 모습을 바꾼 씨앗들에게 물을 부어 저어주며 말을 건넸다.

"아무쪼록 너희들이 내 몸속에 들어와 세포를 이룰 때 나의 욕망이나 에고가 개입되지 않기를. 너희들의 본성인 사랑의 빛을 가리지 않기를. 그렇게 너희의 죽음이 보람되기를."

나는 이 음식이 담긴 그릇을 두 손 모아 받쳐 들고 경건한 마음으로 천천히 들이마셨다.

숨쉬기도 지루하더냐

산다는 것은 먹는다는 것이고 먹는다는 것은 숨을 쉰다는 것이다. 나의 존재가 빛이든 하나의 점이든 살아가는 일은 먹고 숨쉬고 행동하는 질료 세계의 현실이었다. 내내 몸에 맞지 않는 옷을 입고 있은 듯 서걱거렸던 요리학원 일을 그만두고 싶은 마음이 간절하였지만 딸아이와 함께 계속해서 먹고살아야만 했다. 오래전 부산에 살던 시절의 이야기이다.

　나는 요리 강의로 생계 잇는 것을 그만두고 생식을 만들어 팔기로 하고 그에 적합한 공간을 찾아다녔다. 스무여 종의 곡물과 산나물과 여러 가지 뿌리나 열매채소를 건조하려면 햇볕이 잘 들고 공기도 맑으며 넓은 곳이어야 했다. 다행히 부산 북쪽 끝 변두리 마을 두구동에서 빈 공장 건물을 찾아내었다. 오랫동안 비워져 있었던 터라 온갖 쓰레기가 산더미처럼 쌓여 있는 폐허 같은 곳이었지만, 마당도 넓고 햇볕도 잘 들었다. 그곳을 빌려 아이와 이사를 했다. 사무실로 사용하던 여덟 평 남짓한 임시 건축물이 우리가 거처할 수 있는 공간이 되어주었다. 이제 겨우 열 살이 된 아이는 생전 처음 보는, 금방 부서질 듯 덜컹거리는 세면실과 마당 멀리 떨어져 있는 푸세식 변소와 말벌과 사마귀와 잠자리가 무서워서 한 달 내내 집 안에 틀어박혀 울었다.

깨끗하게 청소한 공장 내부를 밝은 색 페인트로 칠하고, 녹슨 철 기둥을 흰색 굵은 면사로 감았다. 높은 천장에는 색색의 광목을 휘장처럼 늘어뜨렸더니 그런 대로 삭막함을 감출 수 있었다. 마당 구석구석 쌓인 쓰레기들을 치우는 데는 한 달이 넘게 걸렸다.

장소는 마련했으나 막상 어디서부터 어떻게 시작해야 할지 막막하기만 하던 어느 날, 신문에서 동아대학교 창업보육센터에 입주할 업체를 모집하는 광고를 보았다. 주위 사람들은 그곳에 들어가보았자 도움 될 일이 없으니 헛수고 말라고 했으나, 아이를 데리고 먹고살아야 하는 내게는 어떤 작은 도움이라도 간절했다. 창업 교육을 받은 뒤 한국산업기술평가원에서 신기술 개발 사업비를 받을 수 있었다. 그것은 주로 정보통신 IT 산업을 지원하는 정책 자금으로 엄격한 심사를 거쳐 선정되었는데, 대학의 연구소나 핵심 기술이 뚜렷한 개인이나 단체에게 기술 상용화 연구비로 지원되었다. 보통 T.B.I 자금이라고 불리는 이 심사를 식품 기술로 통과한 사람은, 더구나 여자로서는 내가 처음이자 마지막일 거라고 했다. 이 돈으로 세라믹 분쇄기와 바퀴 달린 자연 건조대, 포장 박스 등을 마련할 수 있었다.

익히지 않고 먹는 음식을 생식이라고 한다. 생식의 재료를 날것 그대로 먹을 때와 햇볕과 바람에 자연 건조된 것을 먹을 때, 같은 재료라도 맛과 향과 성분에서 많은 차이가 난다. 식품을 말리면 향과 맛이 농축되어 짙고 강해진다. 생으로 먹을 때의 신선함은 없어지지만 영양 성분은 함축되는 것이다. 또 햇볕이나 바람으로 말린 건조식품과 기계로 말린 건조식품은 모양과 색, 성분의 변화가 다르다. 버섯, 당근, 연근, 감자, 고구마, 호박, 우엉, 가지 등 계절 채소를 곱게 썰어 햇빛에 잘 말리면 본래의 색보다 더 짙은 빛깔을 뿜어내면서 조글조글해진다.

맛과 향의 이면에 숨겨진 에너지 성분을 아직은 과학적인 방법으로 찾아낼 수 없다고 하나 우리 몸은 본능적으로 필요한 물질을 끌어당긴다. 생것과 익힌 것과 말린 것을 골고루 먹는 것은 곡물과 나물이 주가 되는 한국인의 밥상에서 매우 중요하다. 우리 몸이 건강하게 유지되려면 생채와 숙채와 건채가 고루 필요하다. 한 끼니의 밥상에 모든 영양이 골고루 섞여 있는 것이 한국인의 밥상이다.

영양분만큼 중요한 것은 음식이 가진 에너지이다. 에너지와 칼로리는 다른 것이다. 열량을 측정한 것이 칼로리라면 칼로리의 품질을 에너지라고 할 수 있다. 에너지를 측정할 수는 없지만 진기와 허기로 나뉜다. 때로는 생기라고도 표현된다. 우리 생명을 건강하게 잘 유지하기 위해서는 허기가 아닌 생기, 진기가 있어야 한다. 요즘 사람들은 신선하고 생명력이 고스란히 살아 있는 재료를 구하는 것 자체가 쉽지 않고, 다른 일들로 바빠서 음식을 만드는 데 정성을 기울이지 못할 때가 많다. 패스트푸드와 가공식은 영양을 보충해줄지는 모르나 생명의 에너지는 전혀 담겨 있지 않다.

생식 가루를 만드는 과정에는 자연계가 베푸는 모든 은총이 개입된다. 한 알의 씨앗이 땅으로부터 양분을 얻어 물과 빛과 공기와 화합하여 초록빛 생명체로 자라나는 동안 농부의 땀이 적셔진다. 화학 비료나 농약 사용을 최소화하고 까다로운 유기농법의 힘든 노고를 마다하지 않는 농부의 손길이 스민 곡식과 채소는 생으로 먹을 수 있는 신선한 재료가 된다.

나는 할머니들이 산속에서 손수 채취한 향긋한 산나물들을 맑은 물로 정성 들여 씻은 다음 넓적한 사각형 플라스틱판에 면 보자기를 깔고 말렸다. 자연 건조하는 일은 만만한 일이 아니었다. 농부들이 그러하듯 나도 수없이 하늘을 보곤 했다.

　열매 식품들은 얇게 썰어야 잘 말랐다. 얇게 썬 재료들을 건조대에 널 때에는 하나하나 겹쳐지지 않게 찬찬히 펴야 한다. 마음이 쫓길 때는 '숨쉬기도 지루하더냐?'라는 물음이 저절로 떠올랐다. 긴긴 시간 동안 매일 매 순간 들이쉬고 내쉬는 숨쉬기 동작을 똑같이 되풀이하면서도 "숨 쉬는 게 짜증나" 혹은 "숨 쉬는 게 지루해"라고 하지는 않는다. 산다는 것은 매 순간 숨 쉬는 일로 이어지며 그 이상도 그 이하도 아니다. 숨 쉬는 것 말고는 모든 것이 부수적인 일이었다. 그것을 알게 된 나는 생식을 씻어 말리면서 오직 숨쉬기에만 몰입했다.

　태평양 너머에서 나보다 수십 년 먼저 살다 간 헬렌 니어링을 종종 떠올렸다. 버몬트와 메인의 숲에서 얻은 단풍나무 수액이 그녀에게 삶의 수단을 가져다준 것처럼 이 땅에서 나고 자란 식물들이 나에게 삶의 수단을 제공해주고 있었다. 나는 땅에 발을 딛고 땅과 더불어 살아가기를 바랐다.

바느질 명상

먹는 것이 단순해지고 마음이 단순해질수록 내 몸에 걸치는 옷도 단순해지기를 바라게 되었다. 수도승들이 입는 단순한 디자인의 옷을 구하지 못한 나는 마침내 내 손으로 옷을 만들어야겠다고 생각하게 되었다.

어느 날 잠에서 깬 나는 《바람과 함께 사라지다》의 스칼렛 오하라처럼 커튼을 뜯어내 가위로 삭둑삭둑 잘라서 옷을 꿰매기 시작했다. 스칼렛의 옷은 주름이 많이 잡히고 장식이 많은 드레스였지만, 내 앞에 놓인 것은 누르스름한 광목천이었고 지극히 단순한 박스형의 블라우스를 만들어보는 것이 나의 목표였다. 늦은 밤에 시작된 바느질은 먼동이 틀 무렵이 되어서야 블라우스로 완성되었다. 신기한 일이었다. 바느질이라고는 해본 적도 없던 나의 손에서 하나의 옷이 완성되다니!

갈수록 바느질 솜씨가 나아진 것은 아니지만 여름옷과 겨울옷, 그리고 내게 필요한 물건들을 내 손으로 만드는 것이 가능해졌고, 그러면서 나의 삶은 좀 더 느슨해졌다. 나는 이 상태를 '자기주도적 삶'이라고 부른다.

한때는 자기주도적인 삶을 살기 위하여 시골로 가야만 한다고 생각했다. 그러나 삶의 방식을 결정짓는 것이 외부적 요인이나 환경보다는 나의 의식과 태도에 달려 있음을 알게 되었다. 만약 진정 그러하기를 원한다면 내가 있는 곳이 어디일지라도 내가 원하는 것을 찾아낼 수 있고, 원하는 일을 할 수 있다. 조건이나 환경을 바꿀 수는 없어도 진정으로 원하는 것이 명료해지면 어떠한 방식으로도 시도하고 접근할 수 있다.

사교 모임을 집 밖 식당에서 갖지 않는다고 하여 타인과의 관계가 단절되리라는 생각은 기우에 지나지 않는다. 많은 이들이 관계를 위한 만남의 시간을 남의 얘기와 가십과 가치 없는 뉴스, 잡담으로 채우기 일쑤다. 편안하고 조용한 집 안에서 소박한 음식을 함께 먹으며 서로에게 보다 깊은 관심을 기울일 수도 있다. 공원 벤치에 앉아 집에서 싸온 도시락을 먹으며 공감대를 키울 수도 있다. 단지 외로움과 시간을 메우기 위하여 갖는 의미 없는 만남, 이리저리 돌아다니는 시간, 이것저것을 기웃거리는 시간, 드라마나 광고나 유익함이 없는 뉴스를 보는 시간을 줄이기만 하여도 자기주도적 삶을 살 시간이 늘어나 느긋해지고 마음이 안정된다.

나는 주로 시간과 시간 사이, 그 여백의 시간에 바느질을 한다. 완성에 목표를 가지고 있지 않으므로 행위 자체에 빠져들지 않는다. 내게는 바느질하는 시간이 휴식의 시간이고 명상의 시간이다.

가늘고 짧은 바늘일수록 바늘땀이 곱다. 작은 바늘구멍에 실을 끼우는 것은 쉽지 않다. 아직은 돋보기를 끼지 않는 나에게 조그마한 실 꿰는 도구는 바느질에 아주 요긴하다. 손바느질을 쉽게 하도록 도와주는 또 하나의 필수품은 전기다리미이다. 이 두 가지가 없으면 나는 바느질을 진행할 수가 없다. 주로 홈질로 이어지는 나의 바느질 땀을 반듯하게 펴주는 것이 다림질이며, 중간 중간 다림질을 해주어야 바느질하기가 더 쉬워진다.

실제로 사용할 것과 꼭 필요한 것만 만들어 쓰는 나의 바느질은 경제적이고 필수적이다. 내가 사용하거나 입을 것이므로 애쓰거나 힘들이지 않고 바느질을 한다.

한 땀 한 땀 옷감에 바늘이 들어가 실이 딸려 나오는 동안 옷감이 꿰매지고 나의 숨결은 손짓을 따라 움직인다. 헐떡거리며 숨 가쁘게 바늘을 따라가야 하는 재봉틀 바느질을 좋아하지 않거니와 재봉틀을 가지고 있지도 않다. 재봉틀이 내는 기계음은 나의 마음을 산란하게 만든다. 내 바느질의 목적은 내가 입을 옷을 내 손으로 만드는 것과 바느질을 하면서 숨을 가지런하게 고르는 것이다. 그렇게 바느질은 내 삶에서 명상의 일부가 되었다.

가벼운 밥상

나는 1950년 3월, 한국전쟁이 일어나기 100일 전 부산시 광복동 1번지에서 태어났다. 그리고 2018년 오늘이 되기까지 칠십 년 가까운 세월이 흘렀다.

종종 이 흐름의 의미가 뭘까, 곰곰이 생각해본다. 의미 없는 삶이란 없다.

평생토록 내게 주어진 일은 밥 짓는 일이었다. 나와 같은 세대의 많은 여성들이 평생 했던 일이 밥 짓는 일이었겠지만, 나는 가족 말고도 수천 명 수만 명의 밥을 지으면서 살아왔다. 그동안 따뜻한 한 그릇의 밥이 사람들의 몸으로 들어가는 순간 마음이 무장 해제되어 말꼬가 트이는 것을 무수히 보아왔다. 뜨거운 흰죽을 입에 떠 넣으며 주르륵 눈물을 흘리는 모습도 많이 보았다.

매일매일 밥상을 차리며, 먹는다는 것이 무엇을 의미하는지 생각한다. 그 단순한 행위에서 이루 헤아릴 수 없는 생명의 가치를 발견한다. 나 자신을 비롯하여 이 세상의 모든 것이 하나의 거대한 관계망으로 연결되어 있음을 느낀다. 내가 살아가기 위해서는 상호간에 긴밀한 협조가 필요하다.

밥상이 단순하고 소박해져야 한다. 그러면 몸이 건강해지고 덧없는 욕구가 줄어들어 삶에 대한 만족감이 커진다. 기술과 물질문명이 남긴 후유증으로 심한 타격을 입은 우리 인류의 어머니 지구, 병든 가이아Gaia의 회복에도 도움이 된다. 지구가 건강해지지 않으면 먹는 것이 재앙이 될 수도 있다. 생명을 살리는 토종 씨앗이 사라지고, 반反생명인 GMO(유전자 재조합 식품) 씨앗이 머지않은 장래에 우리 아이들의 생명을 해칠 것이다. 식량은 부족해질 것이고 강은 마를 것이며 땅은 피폐해질 것이다.

하지만 언제나 사막을 가꾸어 나무를 심는 사람들이 있어왔듯, 언제나 드러나지 않게 세상의 기둥을 받쳐온 사람들이 존재하였듯 오늘도 몇몇 소수의 사람들은 묵묵히 땅을 가꾸고 씨앗을 뿌린다. 나는 그들을 향해 경건한 마음으로 고개 숙인다. 밥 짓는 일을 하는 나 자신의 역할도 중요해진다. 땅과 강, 농부들에 대한 관심과 존중이 커지면 가이아가 살아날 것이다. 땅이 살아나고 강이 맑아지면 우리의 아이들이 온전한 존재로 성장할 수 있다.

단지 밥을 잘 먹는 일로 나 자신이 잘 살아갈 수 있고 세상을 변화시키는 데 도움이 된다면 이 얼마나 멋진 일인가!

우리의 밥상은 가벼워져야 한다. 조촐하고 소박하며 기품이 깃든 밥상을 회복해야 한다.

2

운명의
바다를
건너다

종심에 이르는 길

한 명의 인간으로서 '나'를 규정짓고 그 정체성을 드러내는 것
에는 어떤 것들이 있을까? 이름, 가족, 직업, 학력, 외양, 지인
들, 친한 사람들, 집, 소유하고 있는 물건들, 옷들, 책들, 자동
차…… 대체로 이런 것들인가?

1950년 3월부터 2018년 오늘까지 한국이라는 이 나라에서
살아오는 동안 나는 어떤 생각을 가지고 어떻게 행동하며 어떤
일을 하고 살아왔나?

이 나라의 정치, 사회, 역사 속에서 나는 어떤 영향을 받아
왔나?

나의 생각과 느낌, 감정들은 어떤 전자기장을 이루어 어떤 에너지를 내뿜고 살아왔나?

먹고 자고 일하는 동안 내가 사용한 물건들과 내버린 쓰레기들은 얼마만큼이나 될까?

지금의 내가 가지고 있는 소유물과 내가 처한 환경과 관계를 보면 바로 이런 것들이 내가 평생토록 만들어온 결과물이라는 것을 알 수 있다. 의식과 무의식이 빚어낸 내 발자취의 결과물이 지금 하나의 명백한 현실로 내 눈앞에 펼쳐져 있는 것이다.

나는 사랑이 넉넉했던 은혜로운 부모님과 뭔지 모르게 갚아야 할 빚과 현명하지 못하고 사려 깊지 못한 천성을 가지고 이 생에 왔다. 아마도 생의 유한함과 덧없음, 영혼의 무한성과 영원성에 대해서는 과거 생에서부터 확연히 알고 있었던 것 같다. 그러한 나의 영혼이 이번 생에 다시 오면서 지향했던 목표는 무엇이고 도달하고자 했던 목적지는 어디였을까?

이제 나에게 남겨진 시간은 길어야 이삼십 년일 테고, 짧으면 언제 떠날지 알 수 없는 이 지구에서, 대한민국 국민으로 살아온 생애를 헤아리다 보니 남은 시간을 무엇으로 채울지 생각이 깊어졌다.

서른 살부터 일흔에 이르기까지 나의 시간은 대부분 부채를 갚는 데 쓰였다. 부모님이 남긴 유·무형의 빚과, 내가 전

생으로부터 가져온 남편과 그 부모님에게 진 무형의 빚과, 빚은 아니지만 나 자신의 생존에 대한 의무와, 아이를 키우고 돌보아야 할 책무까지, 그 모든 걸 해결하는 데 사십 년의 시간이 소요되었다. 그것은 내가 이번 생에 가지고 온 나의 카르마 karma(업)였고, 그로부터 해방되어야 자유인이 될 수 있음을 알고 난 뒤로 내 생의 에너지는 모조리 거기에 쓰였다.

이러한 이번 생에서 내 역할은 언제나 무척이나 낯설어서 살아오는 동안 애를 많이 먹었다. 내가 할 수 있는 건 오로지 하나, 발걸음을 멈추지 않는 것뿐이었다. 촛불 하나 켜 들고 눈보라 폭풍 속을 뚫고 가면서 어떠한 일이 있어도 촛불을 꺼트리면 안 된다고 여겼다. 캄캄해서 길도 보이지 않았고 어디쯤에 목적지가 있는지도 알 수 없었지만 가야만 했다. 조금만 움직여도 세찬 바람에 촛불이 사그라들곤 했으나 멈출 수 없었다. 멈추어 서는 것은 퇴보를 의미했다. 나는 아주 조심스럽게 한 걸음 한 걸음 발을 떼었다.

어느새 시간이 흐르고 폭풍도 잦아들면서 희끄무레하게나마 길이 보이기 시작했다. 길은 점차 환하게 모습을 드러내었다. 어둠 속에 잠겨 있었을 때 추측했던 것보다 험한 길이 아니었다. 그 길을 걸으며 불을 꺼트리지 않고 목적지에 도달해야만 참 기쁨이 있으리라는 것을 단 한 번도 의심해본 적이 없었다.

이제 내게 남은 숙제는 거의 없다. 가진 것도 없다. 언제라도 눈을 감으며 남은 몇몇 물건들은 불살라버려라 하여도 될 만하고, 집문서나 땅문서를 남겨 세금이나 기타 복잡한 문제로 아이를 골머리 앓게 할 일은 없을 테니 깨끗한 편 아닌가?

몇 년 전만 해도 번듯하게 공부시키지 못한 아이에게 어미로서의 미안함이 없었던 것은 아니지만, 이제는 대한민국의 보통 사람 평균치는 된다고 여겨진다. 어차피 올 때 빈손이었고 맨주먹이었으니, 아이도 이제부터는 자신의 생계를 스스로 책임지고 살아야 할 터였다.

이십 대에는 서른의 입지를 기다렸고 삼십 대에는 마흔의 불혹을, 사십 대에는 쉰의 지천명을, 오십 대에는 예순의 이순과 환갑을 기다려왔다. 이제 내일모레면 곧 고희가 닥친다. 일흔은 고희라고도 하고 종심從心이라고도 한다. 종심의 뜻을 검색해보니 '마음이 하고자 하는 바를 좇아도 도에 어그러지지 않음'이라고 한다.

나는 일흔의 종심을 목표로 삼았다.

두 개의 운명

보이는 세계와 보이지 않는 세계의 실제가 극명하게 엇갈리는 것이 현상의 세계다.

몸과 마음, 육체와 정신, 감각과 의식, 물질과 비물질, 보이는 세계와 보이지 않는 세계. 이 두 개의 대칭축은 사물을 존재하게 하는 근원이다. 이 현상으로 인해 생명이 드러난다.

몸과 마음을 따로 떼어내는 순간, 그 분리와 해체의 순간이 곧 사라짐이고 죽음이라는 걸 '밥'을 통해서 알게 되었다.

내가 직접적으로 의도한 바 없었지만 이번 생에서 나의 역할은 밥 짓는 식모였다. 나의 표면의식에서는 '의도한 바 없다'고

항변하지만 길고긴 내 영혼의 여정에서는 이번 생의 여정이 이미 결정되었을 터다. 다만 내가 인지하지 못했을 따름이다.

처음에는 출가가 내 길이라고 생각했다. 앨버트 놀런의《그리스도교 이전의 예수》와 토머스 머튼의《칠층산》을 읽으며, 수도원으로 들어가 그리스도께 귀의하기로 결심했었다. 내 인생에서 첫 불이 밝혀진 순간이었다. 아버지가 가려 했지만 못 간 길이었고, 그래서 딸이 대신 가주기를 원했던 길이기도 했다.

하지만 가족을 먹여살리기 위해 출가를 미룰 수밖에 없었다. 요리사는 내 길이 아니라고 생각했기에 여러 번 도망쳤지만, 결국은 다시 돌아올 수밖에 없었다. 그것밖에는 할 수 있는 일이 없어서였다.

운명은 나를 그렇게 몰아갔다.

단지 생존하기 위하여 살아야만 하는 시간들을 견뎌내기 위해 나는 더더욱 내 안으로의 여정을 깊이깊이 탐구해 들어갔다. 이 탐구는 그리스도로부터 시작되었으나 결국엔 나 자신의 본래면목을 묻지 않을 수 없게 된 길이었고, 이 길은 내 삶에서 또 하나의 운명이었다.

요리 강사의 길

엄마가 분식 장려를 위한 순회 요리 강습을 시작한 건 1972년이었다. 이때 엄마의 나이는 오십 대 초반이었고, 나는 스무 살을 갓 넘긴 참이었다.

아버지는 해방 이후 우리나라에 제일 절실한 것이 교육임을 절감하고 부산 영도에 대양전기기술학교를 설립하려 했다. 이를 위해 천주교 재단의 양해를 얻어 천주교 대구 교구 이름으로 인가를 받았으나 부산 교구가 새로 생기면서 책임자로 오게된 주교님의 요구로 학교를 부산 교구에 강제 헌납하는 결과를 맞게 되었다. 이때부터 엄마가 우리를 먹이고 공부시키기 위해 일을 하기 시작했다.

엄마는 양품점을 거쳐 양장점을 차렸지만 맞지 않는 일이었는지 오래가지 못했다. 이후 시장 바닥에서 삯바느질을 하다가 친척의 권유로 하게 된 것이 순회 요리 강습이었다. 박정희 정권 시절 미국의 무상 원조 식량으로 밀가루와 옥수수가루, 탈지분유 같은 것들이 국내에 대량으로 쏟아져 들어왔는데, 그것들을 소비하기 위해 정부는 분식장려운동을 벌였고, 그 일환으로 식생활 강사들을 지원했다. 지원이라고 해봤자 시청, 군청, 구청 회의실을 무료로 빌려주는 데 불과했다. 식생활 강사들은 그곳에서 무료 요리 강습을 열어 사람들이 모이면 계량컵이나 프라이팬, 무쇠영양밥솥 등의 요리 기구와 베이킹파우더, 양장피잡채, 겨자가루, 후추 등의 먹을거리를 팔아 수익을 얻었다.

나는 엄마의 조수이자 장소 섭외를 담당하는 기획자였다. 강의에 필요한 도구와 팔 물건들을 용달차에 싣고 마치 남사당패처럼 이 도시에서 저 도시로, 때로는 시골 구석구석으로 떠돌아다녔다. 보름 만에 집으로 돌아가면 아버지와 어린 동생들이 반가이 맞이하였다.

그런 생활을 삼 년간 하던 엄마는 계속 이렇게 사는 건 희망이 없다고 생각했다. 요리를 제대로 배워야겠다는 생각으로 엄마의 올케가 계신 일본으로 가기 위해 일본의 조카에게 수십 통의 편지를 보냈고, 마침내 초청장을 받아내 여권과 비자를 발급받았다(1970년대 초에는 해외로 가는 것이 무척 어려웠다. 해외의 친척이 초대장을 보내 여행 경비와 체류를 책임진다는 보장을 하면 여권을 발급받을 수 있었다). 엄마는 일본에서 삯바느질을 하면서 한국에서 보낸 김, 다시마, 박오가리 같은 것들을 팔아 번 돈을 한국의 우리에게 부쳤고, 동경의 에가미 요리학원에서 조수 비슷하게 일하며 요리를 배웠다.

그로부터 이 년 뒤 엄마가 한국으로 돌아왔고, 얼마 되지 않아 아버지가 간암으로 돌아가셨다. 엄마는 또다시 일본의 조카에게 수십 통의 편지를 보냈고, 자금을 지원받아 부산에서 요리학원을 열었다. 1977년의 일이다.

고등학교를 갓 졸업한 남자아이들이 조리사 자격증을 따기 위해 요리학원으로 왔다. 주린 배를 채우기 급급하던 가난한 시절이었다. 요리학원 옆에는 삼화고무공장이 있었고, 이른 아침에 줄지어 출근하는 어린 여공들을 매일 보았다. 남자아이들이 조리사 자격증을 갖게 되면 '선원수첩'을 갖게 되고, 선원수첩을 갖는다는 것은 외항선을 타고 먼 바다로 나갈 수 있음을 뜻했다. 외항선을 타고 거친 바다에서 파도와 폭풍에 맞서 싸우는 용기는 멋져 보였다. 외항선을 타게 되면 남은 가족의 삶이 윤택해질 수 있는 기회가 되기도 했다.

부모를 부양하기 위해, 사랑하는 연인이나 아내를 위해, 그리고 자식을 위해 남자들은 외항선을 타고 바다로 향했다. 배에 오르면 밥 짓는 일부터 온갖 잡일을 해야 하고, 군대보다 더 군기가 세다는 갑판에서 일이 년을 망망대해만 바라보며 그리움의 눈물을 씹어 삼키는 나날이 기다리고 있을 뿐이라도, 배를 타는 게 소원인 남자들이 많았다. 가난하지는 않더라도 모험을 즐기는 청년들과 죄를 지어 도망가려는 전과자도 더러 섞여 있었다.

요리학원은 이런 사람들로 북적거렸고, 나는 조리사 시험에 나오는 기초적인 이론들과 간단한 실기들을 가르치는 선생이 되었다.

당시 조리사 이론 시험은 총 네 과목으로 이루어져 있었다. 식품위생학, 식품위생법규, 조리학, 공중보건학. 과목 명은 거창하지만 다루는 내용은 지극히 상식적이고 기본적인 거라서 어려울 건 없었다. 실기 시험은 한식이 쉽기 때문에 남자아이들은 주로 한식을 배웠다.

그때는 자격증이 아니라 지금의 운전면허처럼 조리사 면허증이었고, 면허증이 있어야 음식점에서 일을 할 수 있었다. 한식조리사 면허증을 가지고도 양식집에서 일하는 것은 무방했다. 실기 시험에서 제시되는 요리는 사십여 종이었는데, 이중

두 종류의 음식을 사십 분 내에 기준에 맞도록 만들어내면 되었다. 주어진 시간 안에 일정한 사이즈로 순서에 맞추어 양념하고 제대로 익혀내는가가 채점 기준이었다. 음식을 만지는 사람의 인성이나 요리사가 갖추어야 할 실제적이고 기초적인 지식이나 기술을 가지고 있는가는 고려되지 않았다.

좋은 음식을 만드는 데 제일 중요한 것은 재료 식별력이다. 똑같은 식품일지라도 생긴 모양과 크기에 따라 쓰임새가 다르므로 요리하기 전에 재료부터 꼼꼼하게 따져야 한다. 조리하는 과정도 음식마다 다르다. 조림, 찜, 무침, 튀김, 끓이기, 삶기, 굽기에 따라 일정한 틀이 있기는 하지만, 재료를 어떤 모양 어떤 크기로 써느냐에 따라 다르고, 어떤 재료와 함께 쓰는가에 따라 다르고, 음식의 양에 따라 다르다. 음식을 익히는 과정에서 물, 증기, 불의 시간과 강도와 양이 세심하게 체크되어야 하고, 기온이 높은지 낮은지 습도가 많은지 적은지에 따라 미묘하게 양념의 양이나 순서가 달라질 수 있다.

이 모든 과정을 거치고 익혀서 자신의 몸에 새겨져야 요리사라고 말할 수 있다. 칼질이야 몇 달이면 능숙해질 수도 있겠지만 재료 선별력이나 미묘하고 섬세한 조리 과정을 익히려면 헌신적인 열정과 심미안과 재료에 대한 철학이 있어야 한다. 이러한 마음이 있더라도 이 일에 십 년은 매달려야 비로소 안목이 트인다. 안목이 트인다는 것은 식품의 선택, 다듬기, 썰기, 칼질, 익히기부터 먹고 난 다음의 뒤처리까지 한속으로 꿰고 설거지 또한 솜씨 있게 마무리할 수 있는 능력도 포함한다.

음식에는 우리를 살아 있게 하는 모든 것이 다 들어 있다. 햇빛과 바람과 물과 흙뿐만이 아니라 인류 문명의 발자취가 고스란히 배어 있고, 민족성과 기후, 풍토, 의식, 제도 등이 다 담겨 있다. 따라서 요리사에게는 역사인식과 문화의식, 자연의 섭리를 관찰하는 태도, 기술을 익히기까지의 성실함과 끈기로 기다릴 수 있는 인내심이 두루 필요하다.

이러한 과정을 전혀 고려하지 않고 요령만 익히게 하는 조리사 시험반 요리 강습이 재미있을 리 없었다. 나는 틈나는 대로 어떻게 하면 이 요리학원을 벗어날 수 있을까 궁리했다. 그러면서도 제대로 된 음식을 배우고 싶은 갈증 또한 커졌는데, 요리나 음식에 대해 가르쳐주는 학교는 어디에도 없었다. 지금의 조리학과가 생긴 건 한참 뒤의 일이다. 또 당시는 외국에 나가는 것이 하늘의 별따기처럼 어려운 시절이었고, 더더구나 요리를 배우러 외국에 나간다는 것은 꿈도 꿀 수 없는 일이었다.

훗날 궁중음식 인간문화재가 되신 황혜성 선생님이 당시 부산에 오셨을 때 주신 궁중요리책과 음식디미방 사본은 내 요리 공부를 위한 소중한 자료였다. 시간이 날 때마다 펼쳐서 레시피를 따라 요리를 만들어보는 것으로 배움에 대한 목마름을 잠재웠다.

〈뿌리 깊은 나무〉라는 월간지도 답답하던 나의 숨통을 터주었다. 그 책은 그야말로 우리나라 문화 콘텐츠의 보고였다. 한옥과 한복을 비롯하여 우리 고유의 그릇과 음식, 식재료, 장인들 삶의 이야기 등이 실렸는데, 나는 기사들을 분야별로 따로 떼어내 일 년치가 쌓이면 실로 묶어 자료로 간직했다. 그러던 어느 날 "요즘 요리 선생들이 만든 음식을 보면 음식을 가지고 장난질을 친다는 생각이 든다"라는 머리말 칼럼을 읽고 심한 자괴감에 빠지게 되었다. '내가 만드는 음식은 올바른가?'라는 화두는 이때 생겼다.

가족의 진화

고등학교 등굣길이었던 명동에서는 매일 아침 원두의 진한 커피 향이 골목 밖까지 배어나왔고, 애절하고도 간절하게 '파드레'를 외치는 노랫소리가 하루 종일 들려왔다. 〈파드레〉를 부르는 패티 김의 소리는 늘 비장했다. 명동성당으로 가는 고갯길을 매일 오르내리던 여고 시절이 막을 내린 후에는 스물한 살에 만나 열애에 빠진 인영과 카페 '떼아뜨로'가 있는 충무로 길을 오갈 때가 잦았다. 그곳에서는 배우 추송웅이 〈빨간 피터의 고백〉을 연기했고, 다른 카페에서는 트윈폴리오의 〈하얀 손수건〉이나 키보이스의 〈해변으로 가요〉가 라이브로 울려 퍼졌다. 그들의 노랫소리가 쩌렁쩌렁 울려대는 커다란 카페에서 많은 사람들을 비집고 겨우 찾아낸 인영과 함께한 시간은 행복했다.

젊은이들로 북적이는 충무로, 명동, 소공동 길은 행복과 희망, 그리고 기쁨이 가득했다. 명동의 비좁은 골목길 안 식당에서는 빨간 순두부가 지글지글 끓어올랐고, 어느 지하 식당에서는 찌그러진 양푼에 가득 담은 닭칼국수를 감칠맛 나게 버무린 매운 배추김치와 함께 내어주었다. 식당 안은 늘 사람들로 북적였다.

나를 만나러 오는 인영의 손에는 가끔 초콜릿과 꽃이 들려 있었다. 내 친구 철옥으로부터 내가 좋아하는 것들에 대해 들은 후 그는 죽을 때까지 그것들을 내게 주고 싶어 했다. 그의 집은 미아삼거리에 있었고, 나는 정릉 골짜기 안 큰외삼촌 집에 잠시 얹혀 있을 때였다. 나를 만나는 날 그의 재킷 안 호주머니에는 곱게 접어둔 오백 원짜리 지폐가 늘 준비되어 있었다. 밤이 되어 집에 돌아갈 시간이 되면 택시를 타고 명동에서 정릉까지 바래다주었다. "너를 어떻게 버스에 태우겠어." 인영은 말했다. 어느 가을날 밤 별빛 쏟아지는 정릉 길을 걸을 때 그는 베이지색 바바리코트를 벗어 나의 어깨에 걸쳐주었다. 그의 코트에서는 달큰한 냄새가 났다.

명동극장 옆 좁다란 골목 깊숙한 곳에 조그마한 중국집이 있었다. 우리가 간 그날 밤 중국집이 비어 있었던 것일까? 붉은 등이 켜진 매우 조용하고 은밀했던 작은 방에서 꽃빵에 얹은 고추잡채를 라유소스에 찍어 홍주와 함께 먹었다. 아주 작은 잔에 담긴 홍주는 맑은 선홍빛으로 찰랑거렸다. 수십 년이 지난 뒤 배우 공리가 주인공으로 나오는 영화 〈붉은 수수밭〉을 보면서 그 술이 붉은 수수로 빚은 고량주의 한 종류였음을 알게 되었다.

오 년여를 그렇게 연애한 끝에 많은 어려움을 헤치고 1975년 4월 부활절 즈음에 혜화동 성당에서 혼배식을 올렸다.

여고 시절 전혜린을 알게 된 후부터 늘 죽음에 대한 생각을 떨쳐버리지 못한 탓일까? 나와 동갑이었던 인영은 스물여섯을 넘긴 이듬해 1월 4일 직장암으로 생을 마쳤다. 오랫동안 연애를 했고 짧았던 결혼 기간이었다. 겨우 8개월을 함께 살았다.

나는 다시 모든 것으로부터 혼자가 되었고, 창문을 할퀴는 바람 소리에 잠 못 이루고 서성이다가 오빠의 담뱃갑에 저절로 손이 갔다. 이때부터 이십 년 동안 손에서 담배를 놓지 못했다. 담뱃불로 모든 슬픔을 태워 없애려 했던 것일까?

메릴 스트립, 니콜 키드먼, 줄리안 무어. 각기 다른 시대를

살아가는 세 여인의 하루 동안의 삶을 그린 영화 〈디 아워스
The Hours〉를 스물다섯 살 된 딸이 노트북을 열어 보여주었다.
딸은 말했다.

"나는 이 영화를 보면서 엄마를 이해하게 되었어."

불이 붙은 담배를 손가락 사이에 끼우고 연기를 빨아들이는
니콜 키드먼의 모습은 무척 친근하고 익숙한 모습으로 다가
왔다.

로라(줄리안 무어)는 자기를 사랑하는 남편과 아이를 버리고
죽을 결심을 한다. 결심을 실행에 옮기기 위해 수면제를 챙긴
날 어린 아들은 뭔가 불길한 예감을 느끼고 울부짖으며 엄마에
게 매달린다. 죽지 못하고 돌아온 엄마는 시간이 지나 결국 집
을 나가고, 아들은 엄마로부터 버림받은 트라우마를 평생 안고
살다 에이즈에 걸린다. 그리고 문학상 시상식이 있는 날 높은
아파트의 창문에서 뛰어내리는 걸로 생을 마감한다. 그가 작가
의 길을 걷도록 도와주고 끝까지 그를 보살핀 클래리사(메릴 스
트립)가 이 상황을 목격하는 장면은 너무나 극적이다. 필립 글
래스의 피아노 음은 점점 클라이맥스로 치달아 오르고, 주머니
에 돌멩이를 가득 채워 넣은 버지니아 울프(니콜 키드먼)는 안개
낀 우즈 강으로 걸어 들어가 사라져버린다.

아이가 여섯 살이 되었을 때 나도 마음의 출가를 결심했다.

칭칭 감긴 인연의 줄을 칼로 자를 수는 없었으니 마음으로만 출가하고 몸은 세상에 남아 인생의 책임과 의무를 다하는 것만이 당시 내가 할 수 있는 일이었다. 단호하게 결심했던 나의 생각을 그때 겨우 여섯 살이었던 아이가 느꼈고, 그것을 알면서 불안감을 안은 채 커온 사실을 이제야 알게 된 나는 충격을 받았다. 아무것도 모르는 줄 알았던 아이가 그 모든 것을 느끼고 예감했었다니! 한동안 먹먹함이 가시지 않았다.

나는 아이에게 젊은 시절 내가 겪었던 이야기를 들려주기로 했다. 이제 아이도 어른이 되었고, 그때 그 시절의 내 나이가 되었으니까.

엄마의 인생 이야기를 다 듣고 난 아이는 모든 것을 이해하고 나의 등을 토닥거려주었다. "고군분투하느라 수고했어, 우리 엄마." 엄마의 미숙한 경험들 위에 자라난 아이는 그 나이 때의 엄마보다 성숙하고 아름답게 성장했다. 그렇게 가족은 진화하는 것 같다.

싯다르타와 강

내가 다닌 계성여고는 프랑스에 본원이 있는 샬트르 성 바오로 수녀원에서 세운 학교로, 자유로운 분위기에서 선생님들과 수녀님들이 사랑과 열의를 가지고 학생들을 지도했다. 명동성당 뒤 깊숙한 곳 수녀원 바로 옆에 위치한 학교는 크기는 작았지만 벽돌 건물과 성모상이 있는 뒷동산이 아름답고 차분한 느낌을 주었다. 아침 등교 시간에는 〈G선상의 아리아〉나 쇼팽의 〈즉흥환상곡〉과 같은 선율이 흘러나왔다. 한창 예민한 사춘기 시절을 계성여고 교정에서 보내게 된 것은 내 인생의 수많은 행운 중 하나였다.

무엇보다 도서관은 무척 아름다웠고 장서도 많았다. 수녀원 성당이었던 곳을 도서관으로 사용했는데, 명동성당을 그대로 본떠 지은 건물이라 도서관 안에 처박혀 있으면 마치 고요한 수도원 안에서 피정을 하는 듯한 기분이 들었다. 여고 삼 년 동안 도서반원이었던 나는 이 아름다운 도서관에서 도서 정리와 책읽기로 대부분의 시간을 보냈다. 이때 읽은 헤르만 헤세의 《싯다르타》는 나의 인생에 지대한 영향을 끼쳤다.

고행에 지쳐 뼈와 가죽만 남은 싯다르타를 배에 태워 강 저쪽 기슭으로 건네준 늙은 사공의 이야기는 열여섯 살 여고생의 가슴에 사무쳤다. 나는 늘 헤세의 싯다르타를 만나기 위해 강으로 가고 싶어 했다.

여고를 졸업한 뒤에는 강물 소리를 듣기 위하여 삼랑진 강가 은모래밭으로 갔다. 고요한 강변에는 애인 인영과 나밖에 없었다. 흐르는 소리가 들리지 않을 만큼 강은 천천히 흘렀고, 이날도 나는 헤세의 싯다르타가 갠지스 강을 건너면서 인생에 대해 깨닫게 된 것을 얻지 못한 채 돌아와야 했다. 그때는 사랑하는 사람이 곁에 있어서 강의 말을 듣지 못했던 것일까? 강을 건너게 해주는 늙은 사공이 없었기 때문이었을까?

스무 살부터 스물여섯 살까지 나와 함께 지내면서 나에게 남녀의 사랑을 가르쳐준 인영은 너무 이른 나이에 나와 세상을 떠났다.

징 소리 울리는 곳 바람이 춤추는 곳
강 같은 인생살이 강처럼 살아가는 사람들
갈잎꽃 향기 남겨놓고 떠나가는 뒤안길에 물결 소리만

남루한 모습으로 기타를 들고 이 노래를 불렀던 김상화. 내
인생의 중간부터 등장한 이 사내의 이야기를 빼놓을 수 없다.
내 인생에서 내 곁에 가장 오래도록 있어준 이 사람은 내 아이
의 아빠이자 나에게 강의 소리를 듣게 해준 사람이었으니까.

그와의 이야기는 을숙도에서 시작해서 태백으로 거슬러 올
라간다. 이때 우리는 둘 다 서른 중반을 넘어서고 있었다. 그는
낙동강을 오르내리며 끊임없이 강의 아름다움, 강의 아픔, 그
사랑과 역사와 슬픔을 노래하는 음유시인이었다. 그의 강 노래
는 맑고 순수하고 아름다울 때도 있었지만, 대부분 처절했다.
그가 강을 노래할 때면 나는 주술에 걸려든 것처럼 꼼짝도 할
수 없었다.

황홀한 노을 속에 긴긴 날개 펴는 님
오늘은 어디로 춤을 추러 가려나

두둥실 날으는 그 모습은 천사

통통배 사공아 노래를 불러라

이 노래는 맑고 아름다운 강의 노래였다.

가련하게 들리는 강바람 소리

엄마 잃은 어린 맘 실은

갈대의 목 쉰 소리

마음은 예나 지금이나 변함이 없는데

웬일인가 몸뚱인 상처뿐이네

이 노래를 할 때는 슬픔과 비장함이 스며들었다.

열여섯 살 때 만약 내가 헤세의 싯다르타를 만나지 않았더라면, 그가 나의 남편이 되고 내 아이의 아버지가 될 일은 없었을까? 나의 대답은 '아마도 그럴 것이다'이다.

만약 그가 집을 지키고 가족을 돌보았더라면 나는 싯다르타의 강을 잊었을지도 모른다. 그가 기타를 들고 강 노래를 부를 때마다 내 가슴속에 사무쳤던 싯다르타의 기억이 떠올랐다. 싯다르타가 갠지스 강에서 찾은 그것을 나는 낙동강에서라도 찾고 싶었다.

연어가 고향을 찾아 긴 여행을 하듯이 우리 가족도 연어처럼 강을 거슬러 올라 긴 여행을 했던 적이 있다. 물방울의 발원지를 찾아 안동 봉화를 거쳐서 태백으로 갔다. 그러나 수없이 이곳을 찾았던 그에게는 그곳이 익숙했겠지만 딸과 나에게는 낯설었다.

어느새 세월이 흘러 할머니가 된 지금의 나는 여전히 강을 가슴 깊이 안고 산다. 나에게 김상화는 남편이 아니라 싯다르타의 늙은 사공이었을지도 모른다. 나는 그에게서 싯다르타의 강을 보고 싶어 했다. 그래서일까? 나는 그에게 '모든 것을 넘어 강 그 자체가 돼라'고 끊임없이 요구했다.

엄마는 돌아가시는 날까지도 맏딸의 삶을 이해하지 못했다. 돌아가시기 며칠 전 부산에서 울산의 오빠 집으로 엄마를 뵈러 온 맏사위에게 "너거 이혼한 거가?"라고 기운 없는 목소리로 물으셨다. "아이구, 이혼은 무슨요." 그는 당황하여 더듬거렸다. "그래, 그래가지고 강물이 한 방울이라도 맑아졌더냐?" 엄마가 마지막으로 남긴 말씀이었다.

내 몸이 원하는 것

1996년 봄, 도심에 있던 요리학원을 남산동으로 옮겼다. 남산동은 햇볕을 가리는 높고 크고 차디찬 콘크리트 건물들이 없으며, 도로가 널찍하고 한적해 느릿하게 걸을 수 있는 도심 밖 주거 마을이었다.

"엄청 용기 있는 사람이거나 아주 바보 같은 사람일 거라 생각했죠."

부산의 북부 끝자락까지 요리를 배우러 올 사람이 있으려나, 하고 염려스러워하던 이웃 사람이 건넨 말이었다. 나는 좀 더 느리고 깊게 숨 쉴 수 있게 된 것만으로도 무척 만족스러웠다.

하지만 남산동의 한적함만으로는 치유될 수 없는 마음의 병이 깊어져 있었다. 짙은 화장으로 가야 하는 방송 녹화, 매일 부산스럽게 이어지는 요리 강습, 살아오는 동안 얽히고설킨 복잡한 관계망, 이 모든 것들이 가져온 밑동 보이지 않는 무겁고 깊은 피로가 병이 된 듯싶었다. 임상적인 증상은 없었으나 쉬고 싶은 욕구가 간절했다. 처음에는 '삼 일만 푹 쉬고 싶다'는 마음이었는데, 일주일, 아니 한 달로도 회복이 불가능하리라는 생각이 자꾸 들었다. 안식년이 필요했다. 모든 삶의 의무로부터 벗어나 휴식의 시간을 갖지 않고서는 계속 살아갈 수 없을 것 같았다. 하지만 계속 일하지 않으면 먹고살 수 없었던 터라 안식년을 갖는 것은 불가능했다.

이러한 현실을 버텨나갈 수 있는 방법은 하나밖에 없었다. 순간에 몰입하고 지금 여기에 존재하는 것이었다. 복잡하고 바쁜 시간과 시간의 틈 사이를 비집고 고요히 앉아 숨 고르기에 열중했다.

둥둥 떠다니는 마음과 이리저리 방황하는 쪼가리 생각들과 쓸데없는 감정에 휘둘리는 시간으로부터 나를 보호해준 또 다른 하나는 사경寫經이었다. 경전을 베껴 쓰는 일은 내게 아주 오래된 일 중 하나였다. 주로 〈공관복음〉이나 다윗의 〈시편〉을 옮겨 쓰곤 했다. 아름다운 문장들과 짙은 묵향이 마음을 안정시켰다. 벼루에 먹을 갈 때 들리는 사각거리는 소리와 먹물이 짙어질수록 함께 짙어지는 묵향을 즐기며 화선전지를 방바닥에 펴놓고 엎드려 썼다. 사경의 치유 효과는 기도보다 컸다.

'히말라야 성자들의 삶과 가르침'이라는 부제가 달린 《초인생활》을 베껴 쓰기도 했다. 미국인인 베어드 T. 스폴딩이 1894년부터 삼 년 동안 히말라야 고원 지대를 탐사하며 체험한 영적 경험의 기록물이었다. 어떻게 내 손으로 굴러 들어왔는지는 기억나지 않지만, 이 책은 삼 년 동안 내 품에서 떠나지 않았다. 책을 통째로 필사하는 것으로도 모자라 나는 이 책을 거의 주야로 끌어안고 있다시피 했다. 심지어 잠자는 동안에도 이 책에 머리를 올려놓고 있을 정도였다. 그렇게 온몸을 담가 적셔진 뒤에야 그 기록물과 경험이 남긴 흔적에서 단서를 찾아낼 수 있다고 여겼다. 아는 것이 힘이 되기 위해서는 머리뿐 아니라 가슴과 몸의 훈련 또한 필요했다.

동료 몇 사람과 인도에 도착하자마자 베어드는 에밀대사와 접촉하게 된다. 에밀대사는 독특한 진리의 가르침을 펴는 성형제단The Holy Brothers의 영적 스승들 중 한 분으로 묘사된다. 에밀대사의 일행은 베어드의 일행에게 "네가 표현한 것이 그대로 되돌아오는 것이 우주의 법칙"임을 가르쳐준다. 또 "고차원의 의식 층이나 고차원의 의식 상태에 도달하고자 하는 주요 목적은 남을 돕기 위한 것이다. 그 상태에 이르면 어떤 식으로든 다른 사람을 도울 수 있다"라고 말한다. 나는 베어드의 일행이 배운 것들을 내게로 가져와 학습하고 또 학습하여 완전한 인지가 일어나길 바랐다. 그래서 다볼산의 그리스도처럼 변모되기를 바랐다.

내가 그토록 필사적이었던 건 나 자신이 마음의 주인이 되지 못했을 때의 불행한 느낌을 받아들일 수 없어서였다. 나를 둘러싼 환경과 조건만을 탓하며 아무것도 하지 않기에는 나의 자긍심과 자존감이 너무 높았다. 어떤 상태에 놓이더라도 내가 진정으로 원하는 것을 방해할 수는 없었다. 상황이 문제가 아니라 얼마나 절실한가의 문제였다. 주어진 현실적 상황 속에서 나를 찾는 방법으로 사경과 묵상은 크나큰 주춧돌이 되었다.

낮에는 일하는 틈틈이 사경으로 마음을 추스르고, 잠들기 전과 잠이 깬 새벽에는 촛불을 켜고 그리스도 앞에 앉아 그의 눈동자를 들여다보았다. 그의 제자들이 갈릴리 호수에서 배를 타고 가다 풍랑을 맞아 애를 먹고 있을 때 물 위를 걸어오는 그가 유령인 줄 알고 겁에 질리자 그는 제자들을 향해 "두려워하지 마라, 나다!"라고 했다. 그가 시몬 베드로에게 그랬던 것처럼 나에게도 "두려워하지 마라, 나다!"라고 하는 것 같았다. 마음이 안정되면서 점차 시간을 잊고 숨이 깊어졌으며 몸은 새털처럼 가벼워져 저절로 춤을 추듯 움직여졌다.

　그즈음 학원 앞 골목에 자그마한 생식 가게가 생겼다. 가게 주인은 사십 대 남자였는데, 명상 수행을 하면서 생식을 만들어 주변에 나누어주곤 했다. 우연히 알게 된 이 인연으로 나는 생식을 시작했고, 홀로 하던 명상에 한계를 느끼고 있던 나에게 그는 체계적인 명상법을 알려주었다.

　일 년쯤 지나 나는 손수 생식 가루를 만들기 시작했다. 곡식과 채소를 둥근 대소쿠리에 담아 햇볕 좋은 창가에 두고 말리기도 하고 옥상에 펴놓고 말리기도 했다. 하늘이 잘 보이는 3층 학원 건물의 남창 안쪽은 언제나 햇살이 가득 쌓이고 겨울에도 후끈 달아올라 태양열 난방 효과가 났다. 이렇게 말린 재료들을 제분소에 가서 빻아 왔다.

　생식 가루를 물에 타 먹으면서 나의 많은 것들이 달라졌다. 살아 있는 낱알들의 생명력이 내 몸 안으로 흘러들어와 세포 하나하나를 건드렸고, 내 몸은 보다 민감하고 깨끗하게 변화되어갔다. 나는 각각의 세포가 낱개의 지성 혹은 의식을 가지고 있다고 느끼게 되었다. 내 몸에서 빠져나온 머리카락 하나에도, 손가락 끝에 맺힌 피 한 방울에도 감사한 마음이 절실했다. 이 마음이 커질수록 내 몸은 더욱 예민하고 가벼워졌다. 영혼과 몸과 마음이 분리될 수 없는 하나로 연결되어 있으면서도 낱낱이 존재하고 상생하여 조화를 이루어내고 있다는 것을 느낄 수 있었다. 에밀대사는 이렇게 말했다.

인간의 육체는 낱세포로부터 지어졌다. 낱세포는 육체를 이루는 가장 작은 단위다. 하나의 세포는 성장과 분열을 반복하는 과정을 통해서 셀 수 없을 정도로 많은 세포로 구성된 완전한 인간이 된다. 육체를 구성하고 있는 낱세포들은 각기 저마다의 독특한 기능을 가지고 있다. 그럼에도 불구하고 근본에서 만든 자기들의 근원이 되는 처음 낱세포의 특질을 가진다. 이 낱세포는 생명이라는 횃불을 전달하는 성화 봉송 주자와도 같다. 신성한 횃불인 만물의 생명력은 세포를 통하여 세대에서 세대로 전달된다. 세포 집단인 육체 속에는 처음 낱세포 속에 들어 있던 생명의 잠재적인 불꽃 혹은 영원한 젊음이 간직되어 있다.

나는 점차 익힌 음식의 맛과 요리하는 과정의 번잡함이 견딜 수 없이 싫어졌다. 요리학원에서 만드는 맛있던 음식들이 정물화처럼 느껴지고 내 몸에서 그날 먹은 음식 냄새가 나기 시작했다. 생선 요리를 먹은 다음 나는 비린내는 살 속 깊이 박혀서 씻어지지 않았다. 양치질을 아무리 해도 비린내가 가시지 않아

차츰 생선을 먹을 수도 만질 수도 없게 되었다. 생선 가게 곁을 지나치기만 해도 몸속으로 비린내가 배어드는 것 같았다. 고기나 술을 먹으면 몸이 아파서 잠을 깨곤 했다. 냄새 때문에 파와 마늘도 멀리하게 되었고, 점점 내가 먹을 수 있는 음식의 종류가 줄어들더니 몸이 순수한 채소 음식만 먹을 수 있게 변해 갔다. 그럴수록 나의 감각과 정신, 몸과 마음은 맑고 가벼워졌다. '먹는 것이 나를 만든다'는 게 사실이었다. 먹는 것이 단순해지자 사는 것도 단순해지고 가벼워졌다. 몸이 가벼워질수록 생의 찬미도 쉬워졌고 삶의 이해도 깊어졌다.

나는 살아가는 데 있어 무엇을 어떻게 먹느냐가 얼마나 중요한지를 깨닫게 되었다. 몸을 바꾸지 않고는 마음을 통제하기란 쉽지 않았다. 마음에 관심을 기울이듯이 몸을 잘 돌보는 것이 기도의 핵심이라는 것도 알게 되었다. 몸은 영혼을 담는 그릇이며, 그릇이 투명할 때 본래 지니고 있던 영혼의 빛이 마음껏 방사될 수 있기 때문이었다. 사람은 존재 그 자체로 성전이며, 따라서 기도하기 위해 성당으로 가야 하는 게 아니라 성령으로 충만한 그 존재 안에 잘 머무는 것이 진짜 참된 기도였다.

내게 주어진 나의 생명을 잘 돌보는 것은 모든 생명 존중의 첫걸음이기도 했다. 나의 몸이 원하는 것과 거부하는 것에 관심을 기울이면서 나는 있는 그대로의 나를 받아들이고 사랑할

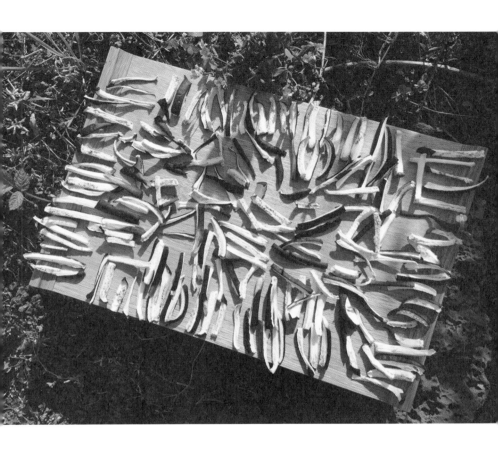

수 있게 되었다.

　"기도를 왜 해? 숨 쉬는 게 기도인데."

　이때부터 나는 숨 쉬는 것과 먹는 행위에 더더욱 주의력을
기울였다.

뇌 사용법

고기의 맛을 포기하는 것은 그다지 어려운 일이 아니었다. 마흔 중반을 지나던 어느 날부터 고기를 먹으면 몸이 부어오르는 느낌과 그 무거움 때문에 잠을 설치기 일쑤여서 저절로 고기 음식에 손이 안 갔다.

그러나 펄떡펄떡 뛰는 싱싱한 물고기의 맛을 포기하기란 쉽지 않았다. 부산 자갈치 시장의 수십 년 단골가게인 부산상회에 가면 살아 있는 전복과 문어, 대하, 멍게, 해삼, 개불, 군수, 소라, 낙지, 꽃게가 가득했다. 그중에서도 가장 싱싱하고 크고 좋은 것들은 내 몫이었다.

전복은 솔로 박박 문질러 씻은 뒤 내장을 따로 떼어내 모아서 오분자기와 함께 젓갈을 담글 때 쓰고, 전복 등에 사선으로 잔 칼금을 넣어 비슷한 방법으로 손질한 갑오징어와 대하를 김 오른 찜솥에 살짝 익혀낸 다음 졸아든 산적 국물을 솔로 발라가며 석쇠에 구운 이들의 맛은 특별했다.

문어는 데쳐서 다리마다 잔 칼금을 곱게 넣어두고 소라와 군수는 손질하여 데친 다음 대꼬치에 꿰어서 조선간장에 다시마물을 붓고 희석하여 조청, 감초, 구기자, 대추, 생강을 손질한 재료들과 함께 넣고 윤기 나게 졸였다. 이 산적을 졸일 때 제일 중요한 것은 화력인데, 어느 때부터 세게 하여 어느 때 줄이고 마감을 어떤 시점에 하느냐에 따라 때깔과 맛이 결정되었다. 이렇게 정성들여 굽거나 졸인 산적은 육포와 더불어 술안주로 최고였다.

이런 음식들과 함께 즐기던 와인, 청주, 소주, 양주, 맥주를 점차 못 먹게 된 것도 그즈음이었다. 한두 잔의 술을 먹은 날 밤에는 자다가 깨곤 했다. 술을 마시면 몸이 아팠다. '술 마시는 즐거움이 없으면 무슨 재미로 살지?' 나는 정말로 난감한 심정이었다.

부산상회 뒷집 생선가게 주인은 탄력이 그대로 느껴지는 물고기의 선홍빛 아가미를 드러내 보여주며, 찜이나 구이에 쓰일

만한 돔, 민어, 조기, 부세, 전갱이, 고등어, 청어, 은갈치 등의 생선을 자랑했다. 그중에서도 가장 선도가 좋은 물고기를 골라내 배를 가르지 않고 아가미로 내장을 들어내 깨끗이 손질해주었다. 이렇게 손질해온 물고기의 배를 굵은 소금으로 채워 간이 배이고 나면 소금기를 씻어내고 꾸덕꾸덕하게 말렸다가 김오른 찜솥에서 쪄내어 석이가루와 곱게 다진 빨간 고춧가루와 다진 잣가루를 뿌리면 가장 심플하고도 고급스러운 생선찜 요리가 되었다.

살아 있는 갑오징어는 등뼈를 발라내고 손질한 뒤 빨랫줄에 널어 꾸덕꾸덕하게 마르면 거두어 냉동실에 두었다가 석쇠에 구워 죽죽 찢으면 여름날 밤 시원한 맥주 안주로 최고였다.

부산상회 앞집 생선가게에서도 지느러미를 힘차게 흔들어대는 바닷장어와 횟감용 방어와 감성돔을 보여주며 소맷자락을 끌었다. 부산에 산다는 것은 이렇게 싱싱한 해물을 맘껏 먹는 복을 누릴 수 있음을 뜻했다.

고기를 못 먹게 된 후로도 굽거나 졸인 생선은 맛있게 먹었는데, 차츰 생선조차도 먹은 뒤 몸에 배는 비린내가 거슬리기 시작했다. 여러 번 양치질을 하고 박박 문질러 손을 씻어도 생선 비린내가 가시지 않아서 견딜 수 없었다. 그것은 손이나 입에서 나는 냄새가 아니라 뭔가 소화 흡수되지 못한 물질이 세포 사이사이로 빠져나오는 냄새 같았다. 그러나 쫄깃하고 싱싱한 생선회 맛은 잊을 수 없었으므로 몸 세포 사이로 뿜어 나오는 비린 살 냄새 정도는 쉬이 잊게 만들었다.

그러던 어느 날 탄력 있는 물고기 횟감을 젓가락으로 들어 올리는 순간 물씬 풍겨오는 비릿한 냄새에 나도 모르게 손을 놓았다. 회도 못 먹게 되다니! 순간 휘감아 드는 아쉬움은 지금까지도 잊히지 않는다.

가을이 되어 제주 은갈치 장수가 지나갈 때는 나로 모르게 입안에 군침이 돌았다. 가을무를 나박나박 썰어 다시마물에 넣고 펄펄 끓을 때 토막 친 은갈치와 다진 생강, 소금, 고추 몇 개 넣고 슬쩍 익힌 하얀 은갈칫국의 담백하고 시원한 맛이 머릿속으로 쓰윽 지나갔다.

더 이상 먹을 수 없는 좋은 재료나 맛있게 차려진 멋진 요리를 보면서 나의 뇌세포는 그 향과 식감과 맛을 스캔했고, 동시에 실제로 그것을 먹은 듯한 느낌이 들었다. 이때부터 나는 '마음으로 먹었다. 눈으로 먹었으니 되었다'라는 말을 하게 되었다.

뇌는 생각만큼 창조적으로 작용하지 않았다. 뇌세포들은 새로운 것에 순간적으로 반응하기보다는 여러 차례에 걸쳐 입력되고 각인된 이미지에 더 신속하게 반응하는 것 같았다. 뇌의 또 다른 메커니즘을 포착한 나는 '뇌세포를 좀 더 내가 원하는 대로 활용할 수 있지 않을까?'라는 생각을 하게 되었다. 알고 보면 그다지 주체적이지 않을 수도 있는 뇌세포를 가끔씩 속여 먹을 수 있다는 발상은 사는 일에 좀 더 흥미를 갖게 된 계기가 되었다. 고기와 생선을 먹지 못하게 된 뒤 몸의 세포가 변하면서 채식주의자라기보다는 채소밖에 먹을 것이 없는 사람이 된 나는 먹고 싶은 음식에 대해서는 해마의 기억 세포를 두드려 깨워 이미 먹은 듯 욕구를 채웠고, 몸이 받아들이는 음식만 먹어도 충족될 수 있도록 아드레날린을 스스로 불러일으켰다.

이렇게 생을 즐기는 동안 어느새 이십 년의 시간이 흘렀다. 이제는 먹을 수 있는 음식이 매우 제한적이기 때문에, 먹을 수 있는 모든 음식이 맛있어진 것은 내가 얻은 가장 큰 수확이 되었다. 맛을 좇아 두리번거리지 않게 된 나의 뇌세포가 만들어내는 좀 더 간결하고 단조로워질 남은 인생이 기대된다.

욕망의 패턴

아름다운 것을 좋아했다. 책상, 의자, 가구, 그릇, 장신구, 옷…… 무엇이든 내가 좋아하는 물건은 재료의 품질이 좋고 디자인이 단순한 것인데, 단순한 디자인일수록 값이 비싸 내가 소유할 만한 수준의 것이 아니었다. 갖고 싶은 것보다 가격이 낮고 그럭저럭 웬만한 물건들로 채워진 나의 살림살이가 허접스럽게 느껴지기 시작한 것은 몸 세포의 변화와 함께 고기, 생선 등의 육류를 못 먹게 되면서 조촐하고 소박한 채식으로 밥상이 변화될 즈음이었다.

　나는 가난하지만 가난한 대로 품격 있게 살고 싶었다. 가난한 수도승의 방에는 침대와 작은 책상 하나밖에 없지만 뭔지 모르는 기품이 배어 있었던 것이 기억났다. 그래, 부자로 살 수 없다면 차라리 가난한 수도승처럼 살자!

멋진 물건을 소유하고 싶은 욕망에 휘둘리기보다는 욕망의 패턴을 바꿈으로써 벗어나는 방법이 더 쉬울 것 같았다. 아주 고급품은 아니지만 서민이 소유하기에는 약간 사치품처럼 여겨지는 크리스털이나 유기그릇들, 도자기그릇들을 주변에 나누어주면서 언젠가는 그들도 이 물건들을 내다 버리게 될지도 모른다는 생각이 들어 죄책감이 들기도 했다.

그릇보다 먼저 없앤 것은 책이었다. 나의 뇌를 들쑤셔 온갖 망상으로 날밤을 지새우게 하는 쓸 데 없는 지식들로부터 해방되는 길은 책을 내다 버리고 뇌를 청소하는 것이었다. 삶으로 현현되지 못한 앎이 버러지가 되어 나의 뇌 속에서 꿈틀거리는 것 같았다. 아는 것을 현실로 가져올 때는 아는 것이 힘이 될 수 있지만 그저 아는 것으로만 머물 때는 아는 것이 병일 수도 있었다. 너무 약해져서 행복을 잃어버린 나에게는 힘이 필요했다. 나는 힘을 얻기 위해 살아가는 데 딱 필요한 지식만 남기고 나의 뇌 용량을 넘어서는 지식을 덜어내기로 하였다. 그리고 뇌의 용량을 적정 수준으로 유지하기 위하여 더 이상의 앎을 집어넣지 않기로 하였다.

그릇과 책을 들어내고 나니 나에게 생계를 잇게 해준 요리학원을 계속하기가 어려워졌다. 학원 문을 닫고 가까운 산마을로 터를 옮겼다.

　나는 학원을 그만두면서 가진 옷들을 원하는 사람들에게 나누어주고 내 손으로 옷을 만들어 입기 시작하였다. 지성과 품격이 엿보이는 옷은 서민으로서는 감히 엄두를 낼 수 없는 고가였고, 내가 입고 싶은 단순한 디자인의 옷들은 엄청난 가격의 명품이었다. 욕망의 패턴을 바꾸기 위해 손바느질을 시작했다. 광목천 위에 몸에 맞는 블라우스를 놓고 연필로 그려서 패턴을 뜬 다음 가위로 싹둑싹둑 오려 이불 꿰매는 면실로 뚝딱뚝딱 꿰맸다. '흩어지지만 않으면 옷이지 뭐.' 내 손으로 지은 옷은 걸친 느낌이 들지 않을 만큼 가볍고 부드럽고 편안했다. 그렇게 혼자 익힌 바느질은 옷뿐만 아니라 차츰 내가 살아가는 데 필요한 물건을 만들 수 있는 데까지 나아갔다.

　산속에 사는 동안 최소한의 생계를 이을 수 있는 텃밭 가꾸기와 흙을 물로 개어 무너진 담벼락을 덧칠하고 나무판자를 톱질하여 덜컹거리는 나무문짝에 덧대는 작업 정도는 할 수 있게 되었다. 지게 지는 법과 낫질하는 법도 최소한의 생계를 유지할 만큼은 할 수 있게 되었다. 찾아오는 사람 없이 혼자서도 충족하게 살 수 있었다. 갖지 않고도 삶을 채울 수 있는 것이 이

다지도 많다니. 가난은 결핍이 아니었다.

　나의 생존을 위하여 필요한 것을 이미 하늘이 준비해두었다는 것을 왜 몰랐을까? 숨을 쉰다는 것 외에 또 다른 존재함이 있기나 한 것일까? 지금 이 순간 그저 숨 쉬고 있다는 것, 그것만이 내가 간절히 원하고 바라는 것이었다.

　나는 이제 도시에서 살지만 이 모든 앎들은 나의 뇌 속에 청정하게 살아 있다.

상곡마을

요리학원을 그만두고 두구동에서 자급자족을 위한 실험적 삶을 삼 년 살아낸 뒤 비로소 진정으로 내가 원하고 바라던 은수자의 삶을 실현시킬 수 있는 산마을로 거처를 옮겼다. 철마산이 있는 임기리의 상곡마을이었다. 보잘것없는 살림 나부랭이를 용달차에 싣고 산속 오두막으로 이사를 하던 날, 이제 막 중학생이 된 솔이 말했다.

"엄마, 더 이상은 올라가지 말자."

"그래. 더 이상 올라갈 데도 없단다."

지은 지 백 년은 족히 되었다는 오두막은 거의 쓰러져가고 있었다. 그래도 장독대를 덮은 커다란 감나무와 뒤란의 대숲, 한 뼘밖에 안 되는 마당이 그렇게 좋을 수가 없었다. 아이와 함께 마당의 황토를 퍼서 물에 개어 구멍 뚫린 벽을 발랐다. 문살이 여며지지 않는 창호 문을 열고 반 평짜리 툇마루를 지나 바람에 덜컹거리는 문을 열고 들어서면 한기 가득한 부엌이 있었다. 시월이 지나 사월이 올 때까지 꽁꽁 얼어붙는 개울물로 밥도 짓고 빨래도 하고 생식 재료도 씻으며 살았다.

돌멩이를 주워 가스레인지에 잠시 달구어서 벌게졌을 때 낡은 수건으로 싸서 이불에 묻어놓으면 밤새 따뜻했다. 아이는 뜨거운 돌을 안으면서 외롭지 않다고 했다.

이른 새벽 깜깜한 부엌으로 더듬어 나서서 시린 손을 비비며 아이의 도시락을 싸고 작은 돌멩이 세 개를 구웠다. 두 개는 자동차 조수석 시트에 묻고, 잠 깨워 생식을 먹인 뒤 차에 태운 아이의 차가운 손에 남은 한 개를 도시락과 함께 쥐어주었다. 낡은 차에 시동이 걸리고 따뜻해지려면 한참 지나야 했다. 버스가 다니지 않는 깊은 산속이라 아이를 매일 학교까지 데려다주고 방과 후에는 데려와야 했다.

나는 그렇다 치고 아이는 어떻게 살았을까?

훗날 아이가 스무 살이 되었을 때 '그때는 얼굴이 새까매져서 헉헉거리며 노동하는 엄마가 너무 안쓰러워 아무것도 요구할 수 없었다'고 했다. 친구와 노는 것조차도 엄마에게 죄스러웠다는 아이는 그래서 더욱더 말이 없어지고 자기 세계 속으로 들어가 문을 닫아걸고 나오지 않으려 했다는 것이었다. 친구들에게 자신이 사는 곳을 밝힐 수 없어서 외톨이가 될 수밖에 없었다고도 했다.

팔월 보름날 밤이 되면 오두막의 작은 마당에서 작은 음악회를 열었다. 감자와 옥수수를 찌고 주먹밥을 만들어 먹으며 동요 모임을 가졌는데, 이 작은 마당에 백여 명의 사람이 모여들었다. 이런 날도 아이는 방문을 닫아걸고 밖으로 나오려 하지 않았다.

나는 일하기 바빠서 아이를 돌보지 못했다. 다만 도시락을 정성들여 열심히 싸주고 매일 어김없이 아이를 학교에 데려다주고 집으로 데려오는 것밖에 내가 아이를 위해 할 수 있는 일이 없었다. 당시 나에게는 오직 생존을 위한 노동과 내 자신의 거친 욕망으로부터 자유로워지기 위한 자신과의 투쟁이 삶의 전부였다. 아이와 나는 각자의 뼈저린 고독과 외로움을 자기 안으로 안아 들이며 하루하루를 살아가고 있었던 것이다.

눈이 내리면 아이는 산속에 갇혀 학교를 갈 수 없는 날도 있었다. 이럴 때 아이와 나는 눈밭을 뒹굴기도 하고 눈길을 달리기도 했다. 곁에서 강아지도 함께 내달리곤 했다. 늘 오르내리

는 좁은 포장도로를 공사하는 며칠 동안은 포장이 안 된 산길로 돌아와야 할 때도 있었다. 캄캄한 밤에 한 치 앞도 보이지 않는 비포장 산길을 덜컹거리며 달릴 때는 자동차 바퀴에 펑크가 날까 봐 두려웠다. 아이는 조수석에서 꾸벅꾸벅 졸며 중얼거렸다. "엄마가 곁에 있으면 난 무섭지 않아."

산속의 겨울 해는 짧았다. 마당에 불을 지펴놓고 생식 재료들을 씻어 말리는 시간은 여섯 시간 남짓이었다. 오후 세 시가 되면 산그늘이 드리워지고 을씨년스러워서 방에 들어앉아 바느질을 시작했다. 물레로 옷감을 짜는 것까지 할 수는 없었지만, 바늘을 들고 내가 입을 옷을 손수 짓는 것까지는 할 수 있게 되었다.

아이 데리러 가는 시간을 기다리며 바느질을 하다가 깜박 잠이 들어 전화벨 소리를 못 들었던 적이 있었다.

"솔이 엄마! 솔이 엄마! 뭐 하노!!"

이웃집 할머니 남해댁의 목소리가 쩌렁해서 놀라 눈을 뜨니 이미 깜깜한 밤이었다. 아이는 아무도 없는 어두운 마을버스 정류장에서 혼자 엄마를 기다리며 울다가 구멍가게에 가서 전화기를 빌려 이웃집으로 전화를 했다고 했다. 잠에서 깨어나 놀라고 다급해진 내가 황급히 차를 몰고 정신없이 내려가다가 자동차 바퀴가 길 곁의 뾰족한 바위에 부딪쳐 갈가리 찢어졌다. 허둥지둥하는 사이 모범택시가 아이를 태우고 올라오고 있었다. 우는 아이의 전화를 받은 아이 아빠가 아는 택시 운전사를 불렀다고 했다. 지금도 그렇지만 그 시절 아이 아빠는 온천동의 낙동강공동체 사무실에서 기거했다. 나는 가슴을 쓸어내리며 그나마 위급할 때 연락이 닿아 조처를 취해준 아이 아빠가 대견했다.

드문 일이긴 했지만 내가 집을 비우고 출장을 갈 때도 있었다. 학교 수업이 끝나면 해 떨어지기 전에 집으로 올라가라는 엄마의 당부를 까먹은 채 아이는 친구와 놀다가 시간이 지나버린 것을 알고 놀라서 이미 어둑해진 산길을 서둘러 올랐다고 했다. 때마침 비까지 내려 뛰다가 걷다가 하며 더듬더듬 산을 오르는데 뱀이 보여서 소름끼치게 무서웠다고 했다.

"너무 무서워서 쪼그리고 앉아서 자세히 들여다보았어. 자세히 들여다보니 뱀이 아니라 나뭇가지였어. 그때 등산복을 입은 아저씨들이 내려오다가 어두운 곳에 쪼그리고 앉은 나를 보고 귀신인가 싶어 놀라더라구. 나는 어두운 산길이 너무 무서워 다시 뛰었어."

황토흙집은 여름 장마철 동안 곰팡이와 전쟁을 벌여야 했다. 벌집 구멍이 숭숭 뚫리고 때로는 벽에 뱀의 허물이 대롱대롱 매달려 있을 때도 있었다. 마당에는 말벌이 숭숭 날아다니고 방 안에서는 개미가 줄지어 부지런히 왔다 갔다 했다. 황금색 두꺼비가 엉금엉금 마당을 기어 다녔고 장독대에서 뱀이 살아 있는 개구리를 반쯤이나 삼키는 광경을 목격할 때도 있었다. 밤에는 반딧불이가 파란 불꽃을 일으키며 날아다니고 하늘에서는 별들이 쏟아져 내렸다.

그렇게 산속에 사는 동안 우리의 몸은 빠르게 자신의 자리를 찾았다. 아이나 나나 한 번도 아픈 적이 없었다. 자연과 동화되면 세포가 늘 원위치에 있게 되는 것일까?

이때 우리는 모든 생명이 원천적으로 자생, 자정, 복원력을 가지고 있다는 것을 온몸으로 경험하였다.

불

하늘은 파랗고 가지에 매달려 있는 몇 개 안 되는 나뭇잎이 햇살을 받아 반짝이는 늦은 가을 점심 무렵이었다. 나는 다솜이 할아버지가 만들어준 지게를 지고 작은 오두막을 나와 뒷산으로 가서 삭정이를 긁어모았다. 길이를 이기지 못해 나무에서 떨어져 나온 기다란 나뭇가지는 미처 톱을 챙겨오지 못했기에 질질 끌고 내려가는 도리밖에 없었다. 등에 올려놓은 지게에는 내 가냘픈 어깨가 감당할 만큼의 나뭇가지가 실려 있을 뿐이었다. 누군가가 선물해준 참나무 장작을 겨울 동안 아껴 쓰려면 매일 하루치의 나무를 해다 놓으면 되었다. 나는 장작을 아끼기 위하여 해가 떨어지기 전에 나무를 한 짐 해다 놓는 일을 놓치지 않았다.

순이 할머니가 이 작은 오두막을 나에게 넘기기 몇 년 전 새로 교체한 큰방의 기름보일러는 잘 작동되었으므로 사용하지도 않는 콧구멍만 한 작은방에 굳이 불을 지펴야 하는 것은 아니었으나, 이른 아침에 아이를 동래여중까지 태워다 주고 산속으로 돌아와 하루 일을 시작하기 전에 먼저 몸을 녹이는 게 좋았고, 아침 일찍 아궁이에 불을 지피는 일은 나에게 하루를 시작하는 제례이자 놀이이기도 했다.

불을 지피는 일은 어렵지 않았다. 아궁이에 마른 삭정이를 끌어넣고 성냥을 켜서 불을 지핀 다음 활활 타오르기 시작하면 좀 더 굵은 나뭇가지를 몇 개 질러 넣으면 되었다. 그렇게 불을 지피는 동안 얼어붙었던 몸이 녹아내렸다. 차곡차곡 쌓인 장작을 보면 부자가 된 느낌이 들어 허물어 쓰기가 쉽지 않았다. 봄까지 장작을 아끼기 위하여 이렇게 삭정이만 모아 불을 지피면서 너울거리는 불꽃에 오그라들었던 몸이 풀리면, 문짝이 들어맞지 않아 덜컹거리는 부엌으로 가서 크고 작은 돌멩이들을 가스레인지의 파란 불꽃 위에 올려놓고 이삼 분 동안 구웠다. 발갛게 달아오른 돌멩이를 낡은 타월로 둘둘 감아 마당 여기저기에 놓아두었다. 때로는 너무 달구어진 돌멩이가 타월을 태우는 냄새와 연기가 날 때도 있었다. 그러나 달구어진 돌멩이 때문에 헝겊에 불이 붙는 일은 결코 없었으므로 안심해도 되었다. 하루 종일 마당을 빙빙 돌며 일을 해야 되는 나에게 불에 구워 군데군데 놓아둔 뜨거운 돌멩이들은 훌륭한 난방 기구가 되었다.

오두막의 마당은 손바닥만 했다. 이 작은 마당을 오가며 '한살림'에서 가져온 곡식들을 씻어 널고, 뿌리채소들도 얇게 썰어 가지런히 널어 말렸다. 곱게 잘 말리려면 얇게 썬 채소들이 겹쳐지지 않도록 하나하나 펴서 말려야 했다. 하나하나 펴는 것이 답답하다고 대충 널면 오히려 말리는 시간이 더 들고 손이 더 많이 가기 때문에 처음에 잘 펴야 했다. 이 일은 시간을 많이 잡아먹었다.

동남향의 산집에도 오후 세시면 해거름이 시작되었다. 그즈음이면 아직 일거리가 많이 남아 있는 터라 손길과 마음이 바빠지면서 숨결이 거칠어졌다. 어느 날인가 문득 숨쉬기도 지루하더냐 싶은 생각이 들었다.

'그래. 일이 끝나면 죽을 것도 아니잖아. 일하고 자고 일어나면 또 일하고 자고 일어나야 하는데, 죽을 때까지 되풀이되는 그동안 쉴 사이 없이 쉬어야 하는 숨쉬기도 지루하더냐? 숨 쉬는 일 말고 달리 더 중요한 일이 뭐가 있기에.'

이런 생각들이 오가는 동안 차츰 나의 숨결이 가지런해졌다.

이날 이후부터 나는 마음 쫓기지 않고 일할 수 있게 되었다. 마음과 일손이 느려지면서 숨결도 고르게 되고 일 자체를 두려워하지 않게 되었다.

마당에 산그늘이 드리워지기 시작하면 아직도 온기가 남아 있는 돌멩이를 다시 구워 양 옆구리에 끼고 방으로 들어가 엉덩이 밑에 깔고 앉아 바느질을 하였다.

이윽고 어둠이 내리면 학교에서 돌아오는 아이를 데리러 차를 몰고 아랫마을 버스정류장으로 갔다. 집으로 돌아와 저녁을 먹은 후 뜨거운 돌멩이를 껴안은 아이는 따뜻하다며 좋아했다. 이불 속에 묻어둔 돌멩이는 아침이 될 때까지 따스한 온기를 머금고 있었다. 그렇게 아이와 나는 춥지 않은 겨울을 날 수 있었다.

지금 돌이켜보니 그림 같은 이야기이다.

나는 지금도 장작불 지피기를 좋아한다. 산에서 내려온 뒤 여러 해 살았던 괴산의 미루마을에 처음 들어서자마자 참나무 장작을 한 차 해다 놓는 것을 본 마을의 젊은 아낙네가 물었다. "디피용인가요?" 독일식 패시브로 지은 집에 왜 장작이 필요한지 궁금했을 거다.

손님이 오는 날에는 마당에 불을 지폈다. 손님이 오는 날이 아니어도 나 자신에게 온기를 주고 싶으면 불을 지폈다.

불길은 삿된 것을 태워 정화시키고 사람들을 따뜻하게 감싸 준다. 마당에 불을 지펴놓으면 자연스럽게 사람들이 모여들어 불가에 앉아 이야기꽃을 피우고 노래를 불렀다. 마당에 불을 지피고 뜨겁게 구운 돌멩이를 안고 있으면 부러울 게 하나도 없었다.

때로는 원시적이라고 밀쳐놓았던 것을 실제의 삶으로 가져 와 살아보면 훨씬 더 근원적인 욕구를 충족시켜준다. 그렇게 살던 수년간의 산 생활 경험들이 훗날 다시 도시 생활을 하는 데에도 도움을 주었다. 자연에 대한 어렴풋한 갈망이 사라지고 언제라도 어떠한 환경에서도 살아갈 수 있는 힘이 생긴 것이 다. 내가 뜻한 것에 나의 마음이 얼마나 견고하게 머무는가에 따라서 삶을 대하는 태도나 느낌이 달라진다는 것을 알게 되었 기 때문이다.

사람이 생존하는 것은 생각보다 단순하고 원초적인 것이다.

신의 사랑 안에서

쉰 살부터 쉰여덟 살까지, 문명을 떠나 오로지 노동과 기도와 명상으로 살았던 그 시간이 없었더라면 나는 지금처럼 살지 못하고 벌써 죽음을 택했을지도 모른다. 그때는 땅에 코를 처박고 흙냄새를 맡지 않고서는 도저히 살아갈 수 없었을 만큼 산에 들어가 살고 싶은 마음이 절박했다. 왜 그랬을까? 여러 가지 이유가 있었겠지만 지금 돌이켜보면 그 갖가지 이유는 하나도 문제가 되지 않는다. 사실은 생각도 나지 않는다.

하지만 아직 어린 딸아이를 데리고 상상조차 할 수 없는 원시적인 삶을 선택한 것은 어리석기 짝이 없는 비현실적인 판단이었다. 아이가 받을 충격을 헤아릴 수 없을 만큼 내가 살아갈 수 있는 방법이 그것밖에는 없다고 그때는 생각했었다. 왜 그랬을까? 무엇이 나로 하여금 그러한 삶을 선택하도록 했는지 아직도 모르겠다. 지금의 내가 분명히 알 수 있는 것은 그러한 삶을 살아내면서 얻은 힘이 나머지 생을 살아가는 데 크나큰 도움이 되었다는 사실뿐이다.

그 시간을 보낸 뒤 나는 과거의 아프고 슬픈 기억들에 다시 사로잡히거나 불확실한 미래를 두려워하지 않게 되었다. 삶을 두려워하지 않게 된 것은 나에게 획기적인 기회로 다가왔다. 삶을 두려워하지 않음으로써 삶 자체를 선물로 받아들였으며, 이 선물들은 내가 성장할 수 있는 기회를 제공해주었다.

그때는 어쩌면 사람들이 무섭고 싫었으며 경쟁이 두렵고 달리 살아갈 자신이 없어서 숲으로 달아났을지도 모르겠다. 그때 나는 홀로 있기를 절실하게 원했다. 뼈저리게 고독하고 싶었다. 한편으로는 노동하지 않고 얻는 삶의 혜택으로부터 벗어나 스스로의 힘으로 먹을거리를 얻는 정직한 삶을 살고 싶었다. 그러한 삶은 아이에게는 참으로 혹독한 일이었으나 어미로서 내가 할 수 있는 일은 아이의 밥을 굶기지 않는 것만으로도 충분하다는 생각이 들었다. 바보 같은 결정이었다.

그러나 칠 년 동안의 이 실험적 삶은 나의 목마름을 잠재워주었고, 다시 세상 속으로 건너와 서툴게나마 생활을 시작할 수 있는 기운을 회복하게 해주었다.

다시 돌아온 세상 속에서 살아가기 위하여 내가 할 수 있는 일은 그 전부터 해왔던 요리 강습이었다. 나는 최소한의 생계를 유지하기 위하여 이 일을 하였다. 직업은 직업일 뿐이었다. 먹고살기 위해서 하는 일이지만 양심을 팔지 않아도 되는 일이어서 다행이었고, 이 일을 해서 먹고살 수 있도록 길을 열어준 어머니와 이 일에 싫증내지 않고 한결같이 할 수 있는 자질을 주신 신께 감사하였다.

그렇게 서울로 왔을 때 그로부터 칠 년 전 내가 산에서 살던 시절 출판 계약을 했던 샨티 출판사와의 약속을 지킬 수 있게 되었다. 이때 만들어진 책이 《평화가 깃든 밥상》이다. 이 책은 아이와 내가 서울에서 먹고살 수 있는 경제적 수단을 제공해주었다. 신은 내가 어떠해도 일용할 양식과 사랑으로 돌보아주셨다. 그러한 신의 사랑을 한시도 잊은 적이 없다.

나는 예전에 산에서 살았던 것처럼 여전히 은수자로서 남은 삶을 보내고 싶은 소망을 가지고 있다. 그러나 내가 살았던 임기리 철마산 상곡마을은 예전의 모습이 남아 있지 않고 많이 훼손되었다. 이제는 그만한 은둔처를 찾을 수는 없으리라고 짐작한다.

그래도 좋다. 다만 흙냄새를 맡으며 흙의 부드러운 속살을 만질 수만 있다면, 지금보다 명상할 시간이 좀 더 많아지고 홀로 있는 시간이 더 주어진다면 더 이상 바랄 것이 없다.

이제 나의 어머니가 보여준 죽음의 모습을 따라 나도 그렇게 갈 것이고, 나의 어머니가 그랬던 것처럼 '언감생심 나에게 주어진 모든 은총'을 감사하며 행복했었다고 말할 수 있으리라 기대한다.

지나고 보니 정말로 모든 것이 아름다웠고 넘치도록 감사한 일만 있었다. '인생은 아름다워라'라고 말할 수 있을 것 같다.

이제부터 시작

서울 대신동 원룸, 어둑해진 방 안에서 빨래를 걷어 접는 아이 곁에 야릇한 고요함이 감돌았다. 문득 선득한 기분이 들어 돌아보니 아이는 말없이 눈물을 흘리고 있었다.

"아니! 왜 그래, 솔아! 무슨 일이 있었니?"

"아는 거 없고 가진 거 없고 배운 거 없는 내가 어떻게 살라고."

물꼬가 터지듯 엎어져 엉엉 우는 아이의 등을 쓰다듬며 내 눈에서도 눈물이 줄줄 흘렀다.

괴산에서 모처럼 서울에 온 날 아이의 자취방으로 가는 길은 좀 가팔랐다. 숨이 찬 나는 "엄마는 이제 늙고 힘들어서 일을 못하겠으니 이제부터는 네가 엄마를 먹여 살려야 해"라고 했다. 농담으로 했던 그 말이 아이에게는 엄청난 부담이 된 모양이었다.

아기가 태어난 날 아기 아빠는 드보르자크의 〈신세계〉가 담긴 시디와 붉은 장미 한 송이를 사 왔다. 이날부터 두 달 동안 하루도 빠지지 않고 해 지기 전에 귀가하여 아기의 기저귀를 갈고 우유를 먹였다. 일하는 아내를 도와주기 위한 것이었지만 매일 새벽까지 집에 들어오지 않던 평소의 그로서는 엄청난 일이었다. 나는 그가 아빠로서 평생 할 일을 이 두 달 동안 다 한 것이 아닐까 생각한다.

아빠도 없는 집에서 일하는 엄마밖에 돌보아줄 사람이 없다는 것을 본능적으로 알아차린 아이에게는 늘 엄마의 가난이 들어 있었다. 어릴 때 독한 감기에 걸려 아픈 아이를 방송 녹화실에 데려간 적도 있었다. 녹화하는 동안 감기약에 취한 아이는 등받이가 없는 녹화실 의자 위에서 위태로운 자세로 앉은 채 잠이 들었고, 녹화 중간 중간 아이를 쳐다보면서 아이가 의자에서 굴러 떨어질까 봐 마음 졸였던 기억을 잊을 수 없다. 집으로 돌아오는 동안 등에 업힌 아이의 몸은 뜨거웠다. 아이가 다섯 살 때의 일이다.

초등학교 6학년 때부터 그림을 그린 아이를 디자인 고등학교 2학년 때 그만두게 하였다. 검정고시로 대입 자격증을 얻은 아이는 입시 준비를 위한 미술학원에 적응하지 못했다. 아이는 말했다. "엄마, 고마워. 다른 엄마들은 공부를 안 하겠다면 난리 치던데 엄마는 괜찮다고 해줘서." 나는 대답했다. "무슨 소리야, 엄마가 더 고마워. 미술 공부 하는 데 얼마나 돈이 많이 드는데. 네가 안 하겠다 하니 엄마가 더 고마워." 행간 사이에 숨어 있는 한숨과 눈물 이야기는 더 하고 싶지 않다.

KBS 〈무엇이든 물어보세요〉 생방송을 끝내고 돌아오면서 연희동에 들러 지금의 '시옷'을 솔 이름으로 계약하였다.

"시옷은 네가 이끌 공간이니까 네가 직접 꾸미렴."

공간을 만드는 동안 모자란 돈에 대한 걱정과 앞으로 펼쳐질 미래에 대한 두려움 때문에 아이는 숙소로 가는 밤길을 걸으며 엉엉 울기도 했다.

"도와주는 사람은 하나도 없고, 뭐든지 알아서 하라고 하고, 돈은 없는데…….."

울음을 터뜨리며 걷는 아이에게 나는 아무 말도 못 건네고 뒤따라 걷기만 했다.

나는 을지로에 가면 타일과 조명을 살 수 있다고 가르쳐주었다. 시옷의 건물을 지은 시공사에서 목수와 기술자들을 소개해주어 어렵사리 인테리어 공사를 마칠 수 있었다. 이렇게 만든 '평화가 깃든 밥상'의 공간 '시옷'에서 몇 년을 보내며 아이는 많은 경험을 거쳤다. 나는 이제 거친 파도가 이는 험한 세상으로 아이를 내보낼 준비를 끝내었다.

"이제부터는 배운 거 없고 아는 거 없고 가진 거 없다고 울면 절대 안 된다."

나는 아이에게 다짐을 받았다.

"인생은 마라톤이야. 빨리 달리는 것보다 완주하는 것이 더 중요해. 사람들에겐 각자의 속도가 있는 법이란다. 엄마도 늘 민하다(어리석다), 늦되다, 뒤숭스럽다(야무지지 못하다)는 말을 들어왔지만 목적지를 눈앞에 두고 있잖니. 슬픈 일이 있더라도 너무 심각할 필요는 없단다. 좋은 일이 있어도 너무 몰입되지는 말거라. 이 모든 것은 지나가는 것이야. 신발 끈을 단단히 묶고 달리되 초반에 너무 많이 힘을 쏟지는 말거라. 지치지 않고 완주하려면 속도를 조절하고 자기 자신을 기다릴 줄 알아야 한단다."

만약

내 인생에서 지금까지 지나온 그 모든 일들이 펼쳐지지 않았더라면 나는 신과 가까워질 수 없었으리라. 나는 늘 신을 동반자로 삼고 신의 손에 이끌려 인생이라는 숲길을 걸어왔다.

나의 아버지 바오로 문태호는 1930년대 일본 동경에서 같은 하숙방을 쓰던 마산의 고향 선배이자 훗날 예수회 신부가 되신 진성만 님의 영향을 받아 신부가 되려고 했으나 나의 어머니 테레사 박필선을 만나 길을 바꾸었다. 두 분은 각기 스물셋, 스물두 살에 결혼하여 어머니 나이로 스물여섯에 아들을 낳고 서른에 첫 딸인 나를 낳았다. 이후 딸 셋을 더 얻은 부모님은 두

분 다 사랑이 많으셨고, 아버지의 청교도적 신앙은 우리 가족의 모범이었으며 삶의 기둥이었다. 우리 형제는 두 분의 사랑과 기도와 영성을 먹고 자랐다.

만약 내가 내내 유복하게 자라 중·고등학교 시절 가난과 외로움을 겪지 않았더라면, 진학을 위한 공부를 포기한 채 여고 삼 년 내내 학교 도서관에 틀어박혀 그 많은 책들을 읽어치우지는 않았겠지.

만약 '죽음이 우리를 갈라놓을 수 없도록' 하자고 손잡고 맹세했던 연인의 투병과 죽음을 목도하지 않았더라면, '웰다잉'을 그토록 심각하게 생각하지 않았겠지.

만약 나의 연인 인영에게 마지막 종부성사와 장례 예절을 지켜준 그 신부가 나를 찾는다는 말만 듣지 않았더라면, 금단의 열매인 신부와의 사랑에 빠지는 일은 없었겠지.

만약 신부와의 사랑에 빠져들지 않았더라면, 그토록 처절하게 예수라는 존재, 그리스도의 의미를 탐구하지는 않았겠지.

만약 감당할 수 없는 친정의 부채를 내가 짊어지지 않았더라면, 아마도 지금의 내가 되지 못했겠지.

만약 '을숙도에서 태백의 황지샘까지 걸어서 가겠다'는 기타 멘 남루한 남자 김상화를 만나지 않았더라면, 결혼을 하지 않았을 것이고 딸 솔도 태어나지 않았을 것이며 낙동강 신령이 되어버린 남편을 기다리지도 않았을 것이다.

남편은 강에서 지혜를 얻었고, 나는 산에서 살아가는 방법을 터득했다. 그 길을 통해 남편과 아이와 나는 온전한 독립공화국이 되었다. 우리는 길에서 만나면 무척 반가워했다. 서로의 안부를 대부분 남들의 입을 통해 들었다. 그럴 때는 '가족'이라는 따뜻한 느낌이 마음에 스며들었다.

신의 손을 잡고 인생의 동반자가 된다는 것은 그렇게 많은 유한한 것들로부터 관심을 거두어들이는 것을 뜻함이고, 바로 이때 더 큰 무한한 저 너머로 시선을 두게 된다.

3

배우고
나누다

나의 요리 스승

나에게는 음식과 영성의 길잡이가 되어주신 여러 스승들이 계신다. 대가를 바라지 않았던 스승들의 가르침으로 오늘의 내가 만들어졌으며, 그렇게 여러 스승들을 만날 수 있었던 것은 나의 행운이었다.

그중 나에게 유일한 음식 스승이셨던 구혜경 선생님을 생각하면 눈물부터 난다. 스승이자 어머니나 다름없었던 구혜경 선생님은 한의사셨다. 구舊황실에서 전의典醫를 지냈다는 아버지의 뒤를 이어 한의사가 된 선생님은 무남독녀였다고 했다.

선생님이 계셨던 부산 아미동 성인한의원 한옥은 소박한 멋이 있었다. 현관을 열고 들어서면 좁고 긴 청마루가 드러났고, 왼쪽 첫 번째 방은 선생님의 부군께서 사용하는 서재 겸 응접실이었다. 내방객은 미닫이문으로 사이를 둔 다른 방에서 주로 맞이하였다.

매끈한 온돌방의 장판을 손으로 쓰다듬으며 "이 집을 지을 때 구들돌을 경주에서 가져왔어. 이 집은 허투루 지어진 집이 아니란다"라고 하셨다. 한복을 입은 선생님의 모습은 집과 아주 잘 어울렸다. 그분 앞에 앉을 때는 나로 모르게 한 번 더 옷 깃이 여며지곤 하였다.

선생님은 한일 교류 차인회茶人會가 있을 때는 언제나 나를 부르셨다. 내가 가진 송홧가루는 돈을 주어도 살 수 없는 귀한 다식 재료였기 때문이다. 부산에서 시작된 차 문화가 번성기에 들어섰으나 우리나라의 전통 다식을 제대로 만들어내는 사람이 없었다. 차인회 회장이셨던 선생님은 까다롭기로 소문난 분이었지만 내가 빚은 잣단자와 송편, 다식을 매우 좋아하셨다.

잣을 알갱이가 보이지 않을 정도로 곱게 다져놓았다가 폭 쪄서 절구로 찧은 찹쌀인절미를 잘게 썰어 준비한 잣가루에 굴려내었는데, 이 잣단자는 입안에 넣자마자 잣 향이 감돌면서 사르르 녹는 듯했다. 당시 부산의 떡집에서는 이러한 단자떡을 만드는 이가 없었기 때문에 선생님은 늘 나에게 특별히 주문하셨다. 나는 아무에게나 떡을 만들어 팔지는 않았지만 선생님이 만들라고 하시면 아무 말 없이 정성을 다하여 만들어드렸다.

이른 봄이 되면 부산 오륜대 명상의 집으로 가서 솔꽃을 땄다. 명상의 집 솔 숲은 송화로 가득했다. 분도회 수사님들과 영보수녀회 수녀님들이 키 큰 소나무에 사다리를 기대어 세우고 송홧가루 따는 일을 거들어주었다. 곧 터져버릴 듯 봉싯해진 송화를 따서 커다란 비닐봉지에 담아 집으로 돌아오면 내 마음은 아무것도 부러울 것 없는 부자가 된 듯 행복해졌다.

비닐봉지 안의 송화 꽃망울이 터져서 송홧가루가 잘 흘러나오도록 세차게 비닐봉지를 흔들면 꽃가루가 수북이 쌓였다. 남김없이 꽃가루를 털어내기 위하여 여러 차례 봉지를 흔들어 모은 송홧가루를 깨끗한 물에 담가 우리기를 서너 차례 한 다음 거두어서 한지 위에 펼쳐놓고 볕이 잘 드는 창가에서 말렸다.

우린 물에서 건져 올릴 때 송홧가루는 너무나 가벼워서 물 위로 둥둥 떠오르기 때문에 가루를 거두어들이기가 매우 조심스러웠다. 손길이 조금만 거칠거나 빗나가도 물에 뜬 송홧가루가 주르륵 물 위로 흘러내리기 때문이었다. 물에서 건진 송홧가루는 너무나 곱고 미세하여 바람이 불면 다 날아가기 때문에 창문 안에서 말려야 했다. 이러한 작업 과정은 나에게 큰 기쁨과 즐거움이었다.

귀하게 채집한 노란 송홧가루를 꿀물에 탄 송화밀수와 적당한 온도의 물에 알맞게 우려낸 작설차는 나의 자랑이었다. 디자이너 배용 씨로부터 선물 받은 분청 다관은 내가 태어나서 처음 만져본 도자기였다.

나는 황혜성 선생님이 주신 궁중요리 책에서 작설차 달이는 법을 찾아내 읽고 또 읽었다. "석간수에서 받아낸 물로 찻물을 끓일 때 화로의 불은 은은하고 물이 끓는 소리에서는 솔바람 소리가 들리는 듯해야 한다." 나는 혼자서 차를 우리고 우려 마침내 알맞은 빛과 향과 온도를 찾아냈다. 1978년경이었다. 당시에는 차인회라는 모임이 있는 줄 몰랐다. 이후 삼십 년 동안 차를 즐겼지만 다회에 소속된 적은 없다. 홀로 마시는 작설의 향이 좋아서였다. 한국 차인회를 이끌었던 구혜경 선생님에게는 기라성 같은 제자들이 줄을 섰지만, 내가 혼자 차를 즐겨 마시는 줄은 선생님도 모르셨다. 나는 차인이 아니라 요리사였다.

가끔 나를 불러 차를 내주시던 선생님은 어느 날 느닷없이 "일어나 나에게 절하라"고 하셨다. 영문을 모른 채 절을 올리고 무릎 꿇은 나에게 "너는 이제부터 나의 제자이며 딸이다, 나는 너에게 차가 아닌 음식 만드는 법을 전수해주겠다"고 하셨다. 누구누구가 한복을 입고 찾아와 현관에서부터 큰절을 하더라는 이야기와 제자로 삼아달라고 줄을 선 사람들의 이야기를 들려주셨다. 차인회 회원들마저도 선생님의 제자로 간택된 이는 드물었다. 그만큼 어렵고 까다로운 선생님께서 "이제부터 너를 차가 아닌 음식 제자로 삼을 거다"라고 하신 것이다.

어느 날 선생님은 손수 불을 지펴 보름 동안 산속에서 달여 낸 귀한 경옥고瓊玉膏를 항아리에 가득 담아 주셨다. "너에게 꼭 필요한 약이다, 귀하게 먹어라." 나는 경옥고 항아리를 소중히 가슴에 품었다.

선생님의 회상이 경봉 스님을 모시던 때로 치달을 때는 음성이 높아지셨다. 선생님과 나만이 아는 그 은밀한 분위기에 내 마음이 가득 차오르곤 하였다. 이때부터 나는 선생님을 어머니라고 불렀다. 공식적으로 드러내지 않아서 내가 그렇게 부른 것을 아는 사람은 지금까지 아무도 없다.

아, 눈물이 난다.

내 평생 나를 낳아준 엄마와 나의 남편을 낳아준 엄마 외에, 그 누구에게도 허락지 않았던 '어머니'라는 이름을 생각하고, 나의 유일한 음식 스승이셨던 목춘 구혜경 선생님을 회상하니 목이 메여온다.

나는 딸 노릇, 제자 노릇을 제대로 하지 못했다.

다시 만난다면 무릎 꿇고 용서를 빌리라.

구혜경 어머니로부터 배운 한식

김장하는 날 구혜경 어머니가 나를 부르셨다. 김치 담는 법을
가르쳐주시기 위해서였다. 어머니 댁 김치는 맑은 멸젓과 싱싱
한 황석어를 썰어 넣고 담았다. 간은 슴슴했다.

김치를 담은 뒤 방으로 들어가 한상 가득 채운 밥상을 내오
셨다. 내가 이제까지 보지 못한 유기그릇과 분청자기, 백자가
고루 섞인 상이었다. 유기는 겨울에 사용하는 그릇이지만 도자
기와 섞어 사용하면 멋이 난다고 하시며, 그릇에 담긴 음식들
을 일일이 하나하나 설명해주셨다. 방 안에는 어머니와 나밖에
없었다.

"장 보는 것부터 배워야 한다."

어머니는 치마를 단단히 여미신 후 자갈치 시장으로 나를 데려가셨다. 시장으로 가서 커다란 도미를 사서 비늘 긁는 법과 아가미로 내장을 들어내는 법, 지느러미가 상하지 않게 토막 치는 법을 가르쳐주셨다. 이렇게 장만한 도미에 간장과 물, 고춧가루만을 부어 지져서 도미장조림을 만드셨다. 꼬리와 지느러미를 살리기 위해 뜨거운 장물을 살살 끼얹어야 했다.

광어회 뜨는 법도 가르쳐주셨다. "일본식은 얇게 생선을 뜨고 무채 같은 것을 접시에 깔지만, 애야, 우리는 그렇게 하지 않는단다. 이렇게 굵직하게 떠서 포개듯이 담아야 해." 어머니는 새끼손가락 굵기 정도로 썬 먹음직스러운 광어회를 들어 올려 보이며 말씀하셨다.

재료만 살린 음식 맛을 익힌 것이 이때부터였다. 어머니는 기품 있는 음식이 어떠한 것인지 몸소 가르쳐주셨다.

전복을 사서 얇게 썬 다음 맑은 멸젓과 약간의 고춧가루와 어슷썰기로 썬 풋고추를 넣고 담은 전복젓의 맛도 가르쳐주셨다. "반드시 쓸개를 떼어내고 내장을 다져 함께 넣어라. 그래야 제 맛이 난다"고 하셨다. 궁중요리책을 여러 번 훑어보면서 혼자 담가본 전복젓과는 비교할 수 없는 맛이었다.

다음에는 부평시장으로 갔다. "좋은 고기를 사려면 단골집이 있는 부평시장으로 가야 한다." 기름기 하나 없는 함박살(허벅살)을 사서 집으로 가져와 무쇠칼로 곱게 다진 다음 냄비에 넣고 황설탕을 조금 넣어 볶았다. 기름을 두르지 않았는데도 고기가 익으면서 촉촉하게 물이 배어나왔다. 여기에 고추장을 넣고 한 번 더 볶아서 약고추장을 만들어주셨다. "잣은 넣지 말거라. 넣고 싶으면 깨나 조금 뿌리렴. 잣을 넣으면 잣기름이 돌고 쩐내가 나서 못쓰게 된다." 어머니는 다정하게 일러주셨다.

내가 가장 자랑으로 여기는 육포 이야기를 빠뜨릴 수 없다. "오 밀리미터 정도 두께로 썬 함박살이나 우둔살이 좋다. 넙적한 고기를 잘 두드려 물에 담가 핏기를 뺀 다음 생강즙과 후춧가루와 간장과 황설탕만을 넣고 만든 양념장에 하룻밤을 재우거라. 간이 알맞게 배어들면 건져서 채반에 말리되 반나절이 지나기 전에 자주 뒤적거려주어라. 너무 말라 채반에 붙어버리면 모양이 흩어지니라. 바람 불고 볕이 잘 드는 장독대에서 말리면 된다. 이삼 일 말려서 꼬들꼬들해지면 헝겊으로 싸서 무거운 책으로 눌러두어라. 하룻밤 지나 다시 볕과 바람을 쏘인 뒤 고이 간직하여 구워 먹어도 좋고 생으로 먹어도 좋다."

나는 어머니께서 일러주신 대로 육포를 만들어 닥종이 봉투에 담아 창가에 걸어두었다. 솔은 태어나서 아장아장 걸을 때부터 내가 요리학원을 그만둘 때까지 이렇게 만든 육포를 먹고

자랐다. 나는 그만큼 맛있는 육포를 먹어본 적이 없다. 세상에
서 제일 맛있는 육포였다.

동래 할머니의 이바지 음식

외할아버지는 돌아가실 때까지 하얀 두루마기를 입으셨다. '학 같은 선비'의 이미지는 어떤 모습일지 외할아버지를 떠올리면 되었다. 박팽년 선생의 16대손이라고 늘 자랑스러워한 엄마이 지만, 일찌감치 대가족을 이끌고 일본으로 이주한 외할머니 덕에 일본말을 배웠고 9남매의 여덟 번째 막내딸로 자라나 우리나라 전통문화에 대해서는 모르는 게 더 많았다.

나의 친할아버지는 사회주의자이며 농민운동 지도자로서 개화된 지식인이었고, 공산주의자에서 천주교 신자로 개종한 아버지는 집안의 제사부터 없앴다. 아버지는 우리에게 기도하는 법부터 먼저 가르치셨다. 우리는 제사보다 더 중요한 것이 미사 예절이라고 배웠다. 그리하여 우리 집안의 전통 상차림의 법도는 가톨릭의 법도로 바뀌면서 잊혀져갔다.

금비녀와 하얀 명주 목도리는 친할머니의 상징이었다. 꼿꼿하고 단아했던 친할머니의 뛰어난 음식 솜씨와 야무진 살림 솜씨를, 맏며느리인 엄마는 전수받을 기회가 없었다. 아버지가 고향 진해를 떠나 부산 광복동에 자리를 잡았기 때문이다.

어린 시절 유치원에서 돌아오는 길에 엄마를 찾아간 요리교실의 선생은 일본 사람이었다. 나는 그 선생님이 준 달콤한 과자를 먹으며 엄마를 기다리곤 했다. 엄마는 이곳에서 배운 신식 요리를 아버지의 친구들에게 자주 대접했다.

다섯 아이의 엄마가 될 때까지 거칠고 험한 세상살이의 울타리 안쪽에서 곱게 살았던 엄마는 아버지가 돌아가신 뒤 생계를 위해 세운 요리학원에 부산에서 이바지 음식을 제일 잘 만든다는 할머니를 모셔왔다. 1997년 늦은 가을이었다. 부산의 동래 지방은 옛날에 동래부사가 있던 곳이라 전통음식의 맥이 살아 있는 집이 많았다. 엄마가 모셔온 할머니도 동래 지방의 명문가 출신이었는데 유독 이바지 음식을 잘하시는 걸로 이름난 분이었다.

동래 할머니는 작은 키에 몸집도 가냘팠다. 머리는 비녀로

쪽을 지었고 옷은 한복을 입었으며 얼굴에는 미륵보살 같은 미소를 띠고 계셨다. 조방 앞 요리학원에 오신 할머니는 문어를 삶아서 다리마다 촘촘하게 칼집을 넣고 간장에 졸여 공처럼 동그랗게 말아 대접에 담아 엎어두었다. 한 시간 정도 지나 그릇에서 꺼낸 문어는 동그란 꽃으로 피어나 있었다. 커다란 생도미의 지느러미를 살려 연탄불에 구워내는 법도 가르쳐주셨고, 여러 종류의 정과를 졸이는 법도 가르쳐주셨다. 동래 할머니는 개화된 우리 가문에서 잊혀져간 전통 상차림의 격을 되살려 엄마와 나에게 가르쳐주셨다.

당시엔 그런 것들을 따로 가르쳐주는 곳이 없었다. 대학에서 조리학과가 생기게 된 것은 그로부터 먼 훗날의 이야기이다.

해인사의 여름

수십 년 전의 기억이다. 칠월 즈음이었던 것 같다. 그날 날씨가 퍽 더웠을 거라고 짐작되는 이유는 눈앞에 홀연히 나타난 스님이 윗도리를 벗고 계셨기 때문이다.

해인사 약수암에서 백련암으로 오르는 계곡에서였다. 나는 느릿느릿 걷던 걸음을 멈추고 나무 그늘 아래 조그만 바위에 걸터앉아 쉬고 있었다.

"예서 뭐 하노?"

키는 크지 않았지만 몸집이 단단해 보이는 한 스님이 걸음을 멈추고 내 얼굴을 들여다보며 카랑카랑한 목소리로 말을 걸었다. 발자국 소리도 듣지 못했고 인기척이라고는 없는 한적한 계곡에서 갑자기 나타난 사람이었으나, 이상하게도 나는 놀라지 않았다. 스님은 벌거벗은 상체를 드러낸 채 지팡이에 기대어 서서 "예서 뭐 하노? 집에 가서 밥이나 하지" 하셨다.

나는 바보처럼 스님을 물끄러미 바라보았는데, 그 곁에는 스님과는 다르게 풀을 빳빳하게 먹여 구김살 하나 없는 잿빛 승복을 입은 젊은 비구 두 사람이 공손히 서 있었다. 그중 한 비구의 팔에는 가지런히 개켜진 노스님의 승복이 소중한 듯 걸쳐져 있었다. 노스님이라고 표현하고는 있지만 정확하게 말하면 나이를 가늠할 수 없는, 주름살이 보이지 않는 달마상을 닮은 얼굴의 스님이었다. 젊은 스님들은 정갈하고 단정해서 한 치의 흐트러짐 없이 그 자세 그대로 언제까지라도 서 있을 듯한 모습이었다. 얼떨떨하고 멍한 얼굴로 물끄러미 바라보는 나를 지나 세 분의 스님은 가던 대로 다시 산길을 올랐다.

1986년 봄에서 가을까지 해인사 약수암에서 지낼 때의 이야기이다.

해인사 본절에서 법고法鼓가 두두둥둥 울려 퍼지기 시작하면 나는 꼼작 못하고 얼어붙은 듯이 그 자리에 서 있었다. 다른 도량의 법고 소리도 매번 가슴을 울렁이게 했지만, 해인사의 법고는 그 파동부터 달랐다. 저녁 무렵 울려 퍼지는 법고 소리는 지구의 중심으로부터 지층을 뚫고 올라와 땅 위로 솟구치는 듯한 에너지를 가지고 있었다. 법고가 멈출 때까지 나는 움직일 수 없었다.

수많은 암자들을 품고 있는 가야산은 험준했지만 나를 편안하게 안아주었다. 사람들은 끊임없이 백련암으로 올라가 절을 하였다. 삼천 배를 해야 성철스님을 친견할 수 있다고 하여 다리가 풀어질 때까지 절을 해도 정작 삼천 배에 성공하는 사람은 드물었다. 대부분은 절을 하다가 치솟던 마음이 저절로 사그라져서 기쁜 마음으로 산을 내려갔고, 어쩌다 삼천 배를 끝내고 성철큰스님 앞에 앉으면 스님의 일별로 마음이 가득차서 산을 내려간다고 하였다.

약수암에 머무는 동안 나는 종종 백련암으로 가서 절을 몇 번 한 뒤 우두커니 앉아 있다가 내려오곤 하였다. 백련암은 아주 작았다.

그로부터 몇 년 뒤 성철스님이 열반하셨다. 스님이 열반하시고도 한참 지난 후에야 '집으로 가서 밥이나 하라'고 한 그분이 성철스님이었음을 불현듯 깨달았다. 불가의 인연은 이렇게 매번 나의 운명을 비껴갔다.

집에 가서 밥이나 해라.

집에 가서 밥이나 해라.

양심의 잣대

내 삶의 좌표이자 양심의 잣대가 되어준 친구가 있다. 그녀는 산청 고택에서 천연 염색을 하며 살고 있다. 그녀를 알게 된 것은 아주 오래전이다.

1981년 부림사건으로 실종된 남편을 감옥에서 찾아낸 다음 어린 아기를 들쳐 업고 전두환 독재정권의 탄압에 맞서 싸우던 친구였다. 그녀가 수배된 후 두어 달을 나의 부산 요리학원에 숨어 있는 동안 우리는 매일 밤 만리장성을 쌓았다. 그녀는 노래를 잘 불렀고 웃으면 보조개가 매혹적인 운동권 리더였다. 그녀는 밤마다 음치인 나에게 노래 연습을 시키기도 했는데,

그때 그녀에게 배운 노래 〈잊으리〉는 오랫동안 나의 십팔번이
었다. 노래뿐만 아니라 마르크스-레닌 사상에 대한 학습도 이
루어졌는데, 그럴 때마다 우리는 평행선을 달렸다. 그녀의 유
물론과 나의 영성론은 매번 부딪쳤고, 끝내 합일점을 찾지 못
했다.

시간이 지나 6·29 선언 이후 문민정부가 들어서고 난 뒤 그
녀는 자취를 감추었다가 서창으로 이사를 갔다. 그곳은 부산
남산동의 요리학원과 그리 멀지 않았고, 이때부터 그녀는 다시
금 나의 요리학원에 와서 살다시피 했다.

경제적으로 독립하고 싶어 했던 그녀는 취미와 경제성을 동
시에 살릴 수 있는 일로 염색을 배웠다. 통도사에 계신 성파스
님을 통해서였다. 우리는 그녀가 물들인 천연염색의 아름다운
빛깔에 홀려 옷감을 이리저리 만져보느라 밤이 깊어지는 것도
모를 때가 많았다.

매사에 철두철미하게 완벽을 지향하는 그녀는 자신의 성정
대로 손수 심어 키워낸 쪽을 짓이겨서 태운 조개껍데기로 잿물
을 만들어 넣고 쪽물을 발효시켰다. 긴 시간을 삭혀낸 그녀의
발효 쪽물은 신비롭고 고고한 빛을 뿜어냈다. 염색을 시작하기
오래전부터 유난히 쪽빛 가을 하늘을 좋아한 그녀였다. 그녀
의 고향 마산 앞바다와 가을 하늘의 색이 쪽빛이었다고 했다.

1970년대 초 마산 수출단지가 들어서면서 고향을 잃게 된 사연은 그녀가 노동운동에 헌신하게 된 계기가 되었다.

그녀가 천연염색을 익히던 즈음 우리는 이데올로기보다는 마음의 수행에 관심을 가지게 되었고, 그녀는 특히 불가의 선禪수행에 매료되었다. 이후로 일 년여의 시간이 흐르면서 나는 철마산으로 들어갔고 그녀는 서창에서 쪽을 심어 발효 염료를 만들며 사는 동안 서로를 찾지 않았다. 그녀는 쪽염을 발효하는 것으로, 나는 음식을 발효하는 것으로 각자 수행의 길을 여며갔다. 마음으로나마 출가를 했으니 속가의 인연을 끊듯이 친구의 연을 끊는 것이 마땅하다고 생각했다. 그렇게 십수 년이 흘렀다. 나는 산에서 내려와 도시의 삶을 다시 시작하게 되었지만, 그녀를 찾지는 않았다.

그러다 어떤 연유로 임원경제연구소와 인연이 되어 조선시대의 실학자 풍석 서유구의《정조지》음식을 재현할 책을 만들게 되었다. 나는 우리나라 당대 최고의 장인들이 빚은 그릇과 소품으로《정조지》의 밥상을 재현하고 싶었다. 고결한 풍석 선생의 선비 밥상을 품격에 맞게 차리느라 이세용 선생의 백자와 청화, 이현배 선생의 옹기그릇과 '놋이'의 유기그릇, 그리고 신동여 선생의 분청그릇을 빌렸는데, 이들 그릇 밑에 깔 보자기로 천연염색 옷감이 필요해졌고 그렇게 나는 십수 년 만에 그녀를 찾았다.

긴 세월이 훌쩍 지나갔으나 오랜 친구와 나 사이에는 시간의 간격이 존재하지 않는 듯했다. 바로 어제 만나 헤어졌다가 오늘 다시 만난 듯 우리는 늘 그랬던 것처럼 밤을 새워 이야기를 나누었다. 이때 그녀는 나에게 엄청난 양의 아름다운 옷감들을 선물했다. 이 아름다운 옷감으로 풍석 선생의 생명 밥상 책 촬영을 마친 다음부터 나는 한동안 입지 않았던 색깔 옷을 다시금 만들어 입기 시작했다. 그녀의 쪽물 옷감을 선물 받기 전에도 손바느질로 옷을 지어 입은 지는 오래된 터였다.

단순하게 살고 싶다는 첫 번째 나의 욕구는 옷으로 표현되었다. 나는 아무 문양이 없고 디자인이 없는 수도사 같은 옷을 입고 싶었는데, 그런 디자인의 옷을 파는 곳이 없었다. 부산진 시장에 가서 고른 광목 옷감은 값이 쌌고 딱 내가 원하는 색과 질감이 있었다. 이 광목천으로 나는 오물딱조물딱 바느질하여 옷을 만들어 입기 시작하였다. 이후로는 고운 색감의 옷감이 존재한다는 사실조차도 생각지 못하고 살아왔다.

"당신이 날마다 먹고 입는 음식과 옷이 지난날 뉴욕에서 겪었던 것과 같은 그런 노동 조건 아래에서 생산되는 세상에서 당신은 스스로 음식과 의복의 생산을 돕는 의무에서 자유로울 수 없습니다."

이것은 스코트 니어링이 헬렌에게 보낸 편지였지만, 내가 손수 바느질하여 옷을 입는 이유이기도 했다. 나는 문명의 의존도를 최소화한 자기주도적인 삶을 살고 싶었다. 베틀로 옷감을 짜지는 못할망정 스스로의 손으로 필요한 옷을 손수 만들어 입을 수 있다는 것은 사람으로서의 자존감을 지켜주는 좋은 도구가 되었다.

　　나의 바느질함 곁에는 그녀가 선물한 곱게 물들인 모시, 삼베, 주아사, 항라, 숙고사 같은 고급 천이 쌓여 있었고, 틈나는 대로 손바느질한 고급 옷들이 나의 옷장에 차곡차곡 쌓여갔다.

　　아직도 바느질할 옷감이 쌓여 있다. 색을 입히며 온 마음을 담았을 친구 생각에 서걱서걱 가위질하기가 쉽지 않아서 한 번씩 쓰다듬어보곤 한다.

아름다운 마무리

"이래가지고 죽을 수나 있을랑가 모르겄다."

　이모님은 늘 그것이 걱정이었다. 아흔 살이 되면서부터 이모님은 습관처럼 그 말을 입에 달고 사셨다. 1910년 아홉 남매의 맏이로 태어나 엄격한 어머니와 나귀 타고 흰 도포 자락 휘날리던 아버지를 따라 일본으로 이민을 갔다고 했다. 전라도 순천 멧골에 살았던 박씨 가문에 시집온 외할머니가 아홉 남매를 굶기지 않기 위해 외할아버지를 설득하여 식솔을 이끌고 일본으로 간 것이었다. 더 자세한 내용은 들은 적이 없어 잘 모르겠지만, 글 한 줄 익히지 못한 채 동생들을 돌보다가 성격 괴팍

한 충청도 농사꾼에게 시집가 평생 한마디 말대꾸도 못하고 살았다는 이모님의 인생 여정은 자주 들어서 잘 안다. 내 기억 속 이모부님은 항상 찌푸린 얼굴이었다.

외할머니처럼 이모님 또한 얼마나 부지런하고 깨끗하고 정갈했던지 걸레가 늘 뽀얗게 뽀송뽀송했고, 부엌에는 먼지 한 톨 없었다. 아들 둘에 딸 둘을 두었으며 돌아가시기 전까지 작은아들 집에 살았지만 아들도 며느리도 효자 효부는 아니었다. 남편 복이 없으면 자식 복도 없다던가? 형제 중 여덟째이자 열 살 아래 막내 여동생인 내 어머니가 큰언니인 이모님을 자주 챙기고 모시고 다녔다.

이모님은 백 살 되던 해에 저녁 드시고 나서 믹스커피 한 잔 마신 뒤 잠든 채 하늘나라로 곧장 가셨다.

"사는 것이 지업다. 이러다가 죽을 수나 있겠나?"

'지업다'라는 말은 '지루하다'는 뜻의 경상도 사투리다. 이모님과 똑같은 말을 하기 시작한 어머니는 아흔두 살에 위암으로 그토록 좋아하던 언니의 뒤를 따라가셨다. 이모님 돌아가시고 이 년 후의 일이었다.

병원에서 진단 확정되던 날, 어머니께 차마 위암 말기라는 말을 못하겠다는 오빠에게 "내가 하지요"라고 막내 동생이 말했다고 한다.

"엄마, 여기 앉아보세요." 동생과 함께 병원 벤치에 앉는 순간 어머니는 "와, 암이라 하드나?"라고 물으시고는 "하느님께 감사!"라고 했다고 한다. 너무나 밝은 얼굴로 명랑하게 말씀하시는 바람에 오히려 동생이 무척 당황했다고 했다.

나는 아직 일흔도 안 되었는데 살아온 시간이 아주아주 길게 느껴질 때가 있다. 낡아가는 몸을 가지고 낡아서 부스럭거리는 듯한 세상 속으로 걸어갈 때, 더 좋을 것도 더 나쁠 것도 없는 조금은 지루한 듯도 싶은 하루를 보낼 때.

몇 년 전 문득 차례로 돌아가신 이모님과 어머니가 생각났다. 나는 아직은 '이래가지고 죽을 수나 있을랑가?' 정도는 아니지만 어머니가 자주 되뇌시던 '사는 게 지엽다. 살 만큼 살았다'는 심정을 이해할 수 있을 것 같았다. 사실 나는 아직 '살 만큼 살았다'라고 할 수는 없다. 그렇게 말하는 것은 건방지다. 하지만 솔직히 하루하루의 삶이 지루해질 때가 있다. 텔레비전, 영화, 쇼핑 그 어떤 것도 즐기지 않아서 그런지도 모르겠다. 여행조차 딱히 가고 싶은 마음이 들지 않는다. 여행은 먹는 즐거움이 크다는데 나는 어딜 가나 먹는 게 몇 가지 안 되어서 그런 걸까? 물론 아주 가끔 좋은 공연을 관람하거나 좋은 세미나가 있을 때는 기분이 고양되기도 한다.

어머니와 이모님은 두 분 다 돌아가실 때까지 곱고 깨끗하고 정갈했다. 하루 세끼를 다 챙기시되 매 끼니마다 드시는 양은 작은 한 공기를 넘지 않았고 군것질도 즐기지 않았다. 가리는 음식도 탐하는 음식도 없었다. 비린 생선을 즐기지 않았고 고기도 딱히 좋아하지 않으셨다. 그저 멸치국물에 끓인 된장찌개나 국수를 좋아하시는 편이었다. 아침식사 후와 점심식사 후에 달달한 믹스커피 한잔 마시면 행복한 웃음을 지으셨다.

나의 기억으로는 이모님이 여든을 넘기고 나서는 화내거나 남의 흉을 보는 법이 없이 달관한 사람처럼 평온하게 사셨던 것 같다. 자주 어머니에게로 와서 지내던 이모님이 아흔 살이 되었을 때 가톨릭 세례를 받았다. 영혼의 고향으로 돌아갈 준비를 하기 위해서였다. 물론 어머니 영향이 컸다.

한글을 모르는 이모님은 나의 어머니가 드린 녹음기를 틀어놓고 기도문들을 외웠다. 그리고 어머니처럼 묵주를 손에 놓지 않으셨다. 이모님은 항상 '원장 동상'이라고 부르며 어머니를 자랑스러워했고, 어머니는 일자무식인 자신의 언니가 아흔 넘어 어두워진 귀를 가지고도 녹음기로 기도문을 외운 일을 자랑스러워했다.

어머니는 이모님보다는 자신을 내세우고 활동적이며 밝고 낙천적인 성격이었다. 그리고 굉장히 독립적이었다. 누군가의 도움 받는 것을 극도로 싫어했다. 돌아가시기 며칠 전까지도 지팡이 짚고 혼자 화장실을 갈 정도였으니까.

내가 살아온 삶과는 비교도 안 될 정도로 굴곡진 삶을 사신 이모님은 일제 식민 치하, 태평양전쟁, 한국전쟁을 겪으면서 가난과 배고픔을 해결하는 것이 생의 유일한 목표였을 터였다. 자식들에게 헌신했으나 알아주는 이 없는 불행한 삶이기도 했다. 어머니는 그나마 존경할 만한 남편과 자신의 일이 있었으니 이모님보다 열 배는 나은 인생이었을 것이다. 자식들 먹이고 공부시키기에 급급했던 어머니에 삶에 비하면 내가 살아온 삶 역시 어머니보다 열 배는 나은 삶일 것이다.

웰다잉well-dying과 웰빙well-being을 생각해본다. 점점 길어지는 노년의 시간을 어떻게 채워가야 웰빙이 될 것인가? 잘 받아들이는 마음과 삶을 대하는 평온한 태도가 답이 될 수 있을까? 이모님처럼, 어머니처럼 생을 마감할 수 있다면 그 과정이 얼마나 굴곡졌는지와 무관하게 성공한 삶이 아닐까?

살아간다는 것은 무수한 찰나를 지나는 과정일 뿐이다. 그 순간순간을 어떻게 바라보고 어떤 느낌을 갖는가는 각자의 선택이다. 나의 느낌과 생각은 나 스스로의 결정에 달려 있다.

해관 장두석 선생의 선물

광양도서관에서 '밥'을 주제로 인문학 강좌를 연 적이 있었다. 강의 시간이 오전이었던 터라 하루 전날 담양에 내려갔다. 소쇄원 근처의 채식 전문 식당에서 저녁밥을 먹고 근처의 펜션에서 잠을 잤다. 이른 아침 여름 햇살이 비추는 담양 소쇄원에서 광양도서관까지 운전해서 가는 길은 무척 상쾌했다. 출발한 지 얼마 되지 않아 끊임없이 전화벨이 울렸다.

"여기는 화순이오. 문성희 선생이오? 내가 〈한겨레〉에서 기사를 봤는데, 꼭 여그 한번 오시오. 나는 장두석이라는 사람이오."

장 선생님은 그제야 나를 아셨겠지만 나는 이십여 년 전부터 선생님을 알고 있었다. 해관 장두석 선생의 책을 읽고 광주로 선생님을 찾아가야겠다는 생각만 하다가 세월이 그렇게 흘러버린 것이었다. 나는 선생의 책으로 민족의학 생활 단식법을 알게 되었고, 그 후 이런저런 인연으로 이곳저곳에서 그의 제자들을 만나게 되어 드문드문 소식을 듣기도 했다. 나의 천성이 여기저기 사람을 찾아다니는 편이 아니라 마음만 간직하다 결국 잊게 되었는데 전라도 땅에 들어서자마자 선생의 호출을 받은 것이었다.

"아, 선생님. 저는 지금 광양에 가는 중이고 오후에는 장흥에 가야 합니다. 다음 기회에 꼭 찾아뵙겠습니다."

"아, 그러요? 그렇담 더더욱 잘됐으니 오늘 꼭 오시오. 잠은 여그서 재워줄 테니께."

장두석 선생의 요청은 집요했다. 장흥의 쌀농부 한창본과 트리노의 국제 슬로푸드 행사에 동행했던 인연으로 이날 오후에 만나기로 이미 약속되어 있던 터였다. 나는 어르신의 고집스럽게 거듭되는 호출에 기가 눌려서 서둘러 약속들을 채우고 화순으로 향했다. 서두른 덕분에 아직 해가 떨어지기 전에 선생님이 계신 양현당에 도착했고, 선생님은 첫눈에도 꼬장꼬장한 기가 물씬 풍겨오는 분이었다. 도인 같은 풍모에 날카로운 눈빛으로 쏘아보는 장 선생님께 나는 큰절을 올린 다음 몸을 가다 듬고 앉았다. 선생님 앞에는 나의 인터뷰가 실린 〈한겨레〉 신문과 그즈음 학원사에서 출간한 나의 책《문성희의 쉽게 만드는 자연식 밥상》이 놓여 있었다.

"장하네. 그동안 고생 많았네."

손가락으로 책을 가리키며 나를 바라보시는 눈빛에는 안쓰러움과 기특함이 가득 담겨 있었다.

"자, 밥 먹으러 갑시다."

장 선생님은 이미 밥상을 준비시켜두고 나를 기다리고 계셨던 것이다.

"내가 감옥에서 나온 박노해 병도 고치고 평생토록 죽을병을 고쳐준 사람들이 수도 없이 많아. 이제 자네는 이 사람들을 모두 만나게 될 거야. 지금까지 혼자서 공부한다고 수고했네."

커다란 두리반에는 전라도의 전통답게 수십 가지 반찬이 올라 있었다. 선생님은 여러 종류의 장아찌 만드는 법과 왜 짜게 먹어야 하는지 차근차근 설명해주셨다.

"우리 전라도에서 찹쌀고추장은 고추장으로 치지도 않아. 고추장은 밀고추장이 최고야."

선생님은 나의 숟가락을 고추장 쪽으로 끌어당기며 말씀하시곤 다시 이야기를 이으셨다.

"우리나라 통일을 위해서 여러 번 북한에 갔었지. 이제 통일도 될 것이고 앞으로 사람들 살리는 일을 좀 더 확장시켜야 해. 많은 사람들이 준비를 많이 해두었어. 이제 큰 모임을 가질 거야. 자네도 함께해야 하네. 이제 그 사람들 모두를 만나게 될 거야. 괴산에 내 친구들이 많아. 이제 내가 괴산을 자주 갈 테니께 가게 되면 막걸리나 한잔하지."

내가 살고 있는 괴산에 자주 오시겠다고 거듭거듭 말씀하시는 바람에 "예, 예" 대답을 하면서도 여러 사람과의 관계에 휘말리는 일을 늘 경계하는 터라 마음 깊은 답을 드릴 수가 없었다.

"목욕실에 물을 받아두었으니 반드시 냉온욕을 해라. 소금물은 가지고 다니면서 한 모금씩 마셔라. 그것이 사는 길이다."

선생님은 작은 플라스틱 병에 담긴 소금물을 여러 개 손에 쥐어주셨다.

이때가 2013년 6월경이었던 걸로 기억된다. 양현당 숙소에서 편안하게 자고 다음 날 아침 선생님께 인사드리러 갔을 때 뭔지 모르게 숙연함이 감돌았다.

이제 자주 만나자는 선생님의 당부를 지키지 못한 채 시간이 지났고, 어느 날 선생님께서 돌아가셨다는 소식을 듣게 되었다.

'아. 아. 그러셨구나. 선생님은 당신이 돌아가시리라는 걸 이미 짐작하고 계셨구나.'

그날의 만남이 처음이자 마지막 만남이 되어버린 것이었다. 선생님께 큰 빚을 진 느낌이 들었다.

'선생님 용서해주십시오.'

나는 두 손을 모아 마음으로 용서를 빌었다.

4

나에게
이르는
길

온 세계 찬양 받으라

눈을 뜬 일요일 이른 아침, 침대에 걸터앉아 창을 통해 들려오는 새소리에 귀를 기울인다. '날아오르는 새처럼 자유롭고 싶다'고 간절하게 바란 적이 있었다. 이때 내가 원했던 자유는 진짜로 하늘을 날아오르는 것이었다. 그토록 몸마저도 가벼워지기를 원했다.

'진리가 너희를 자유케 하리라.'

먹물로 휘갈겨 쓴 휘호가 천장 가까이 높은 곳에 붙어 있었다.

단순하고 소박한 삶, 청빈, 가난은 일찍이 가톨릭 수도자 삶의 첫 번째 지향점이 되는 목표였다. 지금처럼 교회가 대형화,

물질화, 세속화되기 전, 청빈과 가난과 단순함은 특별히 요구되어지는 가톨릭 영성의 중요한 가치였다. 가톨릭 영성은 아시시의 프란체스코Francesco de Assisi의 삶에서 모범을 얻었다.

"나의 형제인 해여, 나의 누이인 달이여."

프란체스코는 세상에 존재하는 모든 것을 형제로 받아들였다.

"나의 형제인 불꽃이여."

그는 아궁이 속의 불꽃조차도 찬양하였다.

새와 꽃과 나비에게도 말을 걸었다. 한 벌의 옷과 맨발, 한 잔의 물과 빵 한 조각이면 족했다.

아주 젊었을 때 나는 아시시의 프란체스코라는 표징 때문에 열병을 앓았다. 너무나 아름다운 프란체스코의 생애를 탐했다.

가톨릭의 은수자들 중에는 세상에 드러내지 않고 아름다운 생태영성적인 삶을 사는 이들이 많았다.

'사막의 성자' 샤를 드 푸코Charles de Foucauld 사제는 사하라 사막 밤하늘의 별빛에 기대어 살면서 사하라의 바람과 메마름, 그리고 별빛을 찬양하며 가난한 사막의 형제들을 돌보았다.

트라피스트의 봉쇄 수도원에서 토머스 머튼Thomas Merton은 《칠층산》을 통해 봉쇄 수도원의 가난하고 아름다운 공동체의 삶을 알려주었다.

스페인의 시골길을 가다가 당나귀에서 떨어져 개울물에 발을 적시게 된 테레사Teresa는 "주여, 당신 친구를 이렇게 대하실 건가요?"라고 했다.

나는 이들 영성의 대가들을 흠모하고 흠모하였다.

신부가 되고 싶었으나 다섯 아이의 아버지가 된 바오로, 나의 아버지의 눈은 언제나 반쯤 감겨 있었고 손 안에서는 묵주가 굴러가고 있었으며 입시울은 늘 기도하느라고 오물거렸다.

카르멜의 봉쇄 수녀원에 딸들을 보내고 싶어 한 아버지의 기도는 끝내 이루어지지 못했다. 카르멜 수도원 수녀의 높은 두건과 발목까지 늘어뜨린 검정색의 수도복을 입은 맏딸 요셉피나의 모습을 그토록 간절하게 보고 싶어 하셨으나 그 기도는 이루어지지 않았다.

아버지가 귀천하신 지도 어언 사십여 년. 이제 그 딸은 아버지가 세상에 계실 때보다 훨씬 늙은 나이가 되었다. 카르멜의 봉쇄 수도원에 가지 못한 딸은 인도의 고산 히말라야로, 잔스카르로 헤매 다녔다. 카르멜의 수도원보다 히말라야 동굴의 삶이 내 마음을 더 끌어당겼다. 내가 살고 싶었던 것은 바로 이러한 노마드의 삶이었을까?

창밖에서는 새들이 지저귀고, 창을 열고 내려다보니 예쁘고 작은 채소밭이 보인다.

이 작은 나의 공간에서 이제는 정말로 은수자로 살고 싶다.

하늘의 별과 달과 새들과 벗하며 오직 하느님만을 찬양하는 시간을 갖고 싶다.

주 하느님 지으신 온 세계는 찬양 받으라!

함께 살아가는 존재들

사람과 사람 사이의 간격은 어느 정도가 적당할까? 일과 나 자신의 간격은 어느 정도 필요한 것일까?

관계와 일 속에 매몰되어 허우적거리고 있는 동안 삶은 더욱 더 엉켰고, 시시로 원치 않는 상황들이 다가와 내 선택의 여지를 좁혀갈수록 나는 허허로웠다. 엄청난 고독을 직면해야만 나의 존재성이 얻어진다는 것을 알았을 때는 오히려 평온해졌다.

차츰 관계와 조건, 환경과 여건으로부터 나 자신을 분리하고, 심지어 내가 나라고 인식해왔던 그 '나'로부터도 분리되어 '참 존재로서의 나'를 알게 되면서 고독을 즐기게 되었다.

한편으로는 수많은 사람들과 그들이 빚어내는 일상들, 크고 작은 이야깃거리들이 넘쳐나는 세상에서 유리될 수도 없고 섬처럼 살 수 없다는 것도 알게 되었다. 세상이라는 그물망 속 나는 이 커다란 바다에서 벗어날 수 없다는 것을 깨달았다. 우리는 함께 살아가는 존재였고 저쪽 그물망이 출렁이면 이쪽도 역시 출렁였다. 이것을 이해한 '참 존재로서의 나'는 힘을 얻었다. 그래도 여전히 홀로 있음, 그 고독의 깊은 맛을 포기하기란 쉽지 않다.

남창으로 봄볕이 쏟아져 들어올 때 잠과 휴면 사이를 오락가락하면서 늘어진 사유의 틈 사이로 존재함의 충만을 만끽하듯이 고독을 즐기는 게 좋았다. 사람과 일과 나 사이의 간격을 가늠해보면서 요리를 할 때, 바느질을 할 때, 사람들과 관계를 맺을 때 최소한 일 미터의 거리를 두는 훈련이 유용하다는 것을 알게 되었다.

새벽의 명상 시간에는 일체의 거리를 없애고 오직 존재 그 자체에 집중하는 훈련을 했다. 모든 생명체는 온전하게 하나이며 분리될 수 없고, 그 모든 것들이 지구를 존재하게 만든다.

나는 그 모든 것들과 깊게 연결되어 있었다. 그것을 느낄 때마다 힘이 가득 차올라 온갖 어려움을 헤쳐나갈 수 있을 것 같았다.

투명한 직시

거짓과 참 사이에는 욕망이라는 심연이 가로놓여 있다. 욕망의 뿌리를 숨긴 거짓은 위장된 진실의 너울을 뒤집어쓴 채 다가온다. 욕망의 뿌리를 보지 못하고 거짓됨에 속아 넘어가는 것은 언제나 자기 자신이다.

진실을 알아차리게 하는 감각은 투명함에 있다. 잘 닦인 유리알에 내려앉은 티끌이 더 잘 보이는 법이다. 특히 밝은 햇살이 비치면 어두운 곳에서는 보이지 않던 티끌들이 그대로 노출된다. 자신의 부끄러운 모습이 드러나는 순간이다. 하지만 부끄러움을 느끼지 못할 때는 티끌 위에 자꾸만 덧칠을 해나간다. 남을 속이기에 앞서 자기를 먼저 속이고 욕망의 뿌리를 보지 못한 채 참인 듯 위장한 거짓이 정말로 참이라고 여긴다. 그래서 양심의 동요 없이도 거짓된 삶을 이어갈 수 있다.

세세생생 윤회의 바다를 헤매며 질기게 뿌리 내려온 욕망은 우리 안에 깊이 박혀 있다. 캐내고 캐내어도 남아 있던 잔뿌리들은 칡덩굴처럼 칭칭 감겨 다른 속임수로 모양을 바꾸어 나타난다. 사탄은 예수의 모습으로, 마구니는 부처 또는 성자의 모습으로 위장하여 나타난다. 위장하지 않으면 자신의 정체가 금세 탄로 날 것인데, 흉측한 모습 그대로를 노출시키겠는가. 스스로 악임을 밝힐 때 이미 악이 서 있을 자리는 없다. 악은 언제나 스스로를 선이라고 속삭인다.

우선 자신부터 최면을 걸어놓아야 굳은 신념으로 남을 속이기도 쉬워진다. 잠재된 욕망의 뿌리는 이렇게 세련된 위장술로 자신을 속인다. 잠재의식 속에 뿌리박힌 거짓됨의 술수를 지나 무의식의 바다에 도달하면 온갖 것이 끓어오른다.

이 무의식의 어두운 바다를 건너게 하는 것이 명상이다. 명상은 정화를 위한 용광로와 같은 것이다. 용광로의 뜨거운 불길 속에서 모든 불순함이 녹아내린다. 명상의 길을 걷다 보면 의식과 실제 생활에 엄청난 폭풍우가 들이치곤 한다. 혼란과 의심, 자책감, 미움, 분노, 고통, 비애감, 허무 등 온갖 쓰레기가 폭풍우 속에서 치솟는다.

어둠 속 두려움을 직시하여 스스로를 낱낱이 해체하면 한 줌의 티끌마저도 투명하게 바라볼 수 있다. 두려움 없이 바라볼 때 진정한 변화가 일어난다. 변화하고 싶은 건전하고 아름다운 욕망이 질기고 끈적한 어둠의 욕망을 차츰차츰 녹여간다.

이윽고 정화를 거친 영혼과 육체는 더욱 단단하고 가벼워진다. 어둠 속에서 활개 치던 두려움이 사라지고 고요한 평화가 모습을 드러낸다. 진주조개가 살 속에 파묻어둔 영롱한 진주알을 드러내듯 우리의 본성적인 아름다움이 떠오른다. 이때 무엇에도 비할 수 없는 안정감이 밀려온다. 인생의 모든 비밀과 수수께끼, 삶 속에서 이어졌던 혼란들이 사라지고 숨을 쉬고 있다는 그 자체가 이미 감사한 일이고 희열임을 알게 된다.

거친 파도와 험난한 폭풍우를 두려워하지 않는 모험심과 용기가 있는 자만이 무의식의 바다를 건너갈 수 있으리라.

나의 행복과 불행은 절대적인 것과 상대적인 것 사이에서 그네타기를 하는 것과 같다. 내가 편안하고 행복하다고 여길 때는 세상 모든 것이 조화롭게 보이지만, 내가 괴롭고 불행할 때는 세상 모든 것이 비뚤어지게 보인다. 실제로는 행도 불행도 존재하지 않는 시공 속에서 나의 내부에서 일어나는 절대적인 느낌과 밖으로부터 들어오는 상대적인 느낌 사이를 혼돈스럽게 오갈 뿐이다.

진정으로 평화롭고 싶은가? 그렇다면 평화로움에 머무르면 된다. 다른 방법은 없다. 어느 누구도, 심지어는 신도 나에게 평화를 가져다주지 않는다. 혼란, 의심, 자책감, 미움, 분노, 고통, 비애감, 허무는 환영이다. 이들이 나타내는 속임수에 넘어가지 않고 굳센 희망을 버리지 않는다면 우리는 평화로울 수 있다. 넘어져서 다치거나 부서진다고 해도 곧 일어설 수 있다.

만남과 헤어짐의 순간들이 반드시 온다. 씨를 뿌릴 때가 있으면 열매 맺을 때가 있듯이 때가 되면 모였다가 흩어지게 되는 것이 자연의 법칙이다. 어떠한 상황도 변화될 수밖에 없으며, 어떠한 상처도 아물 수밖에 없다. 삼라만상은 끊임없이 흐르고 변화한다. 한 순간도 고정되어 있는 것은 없다. 그러나 그 너머에는 풍요, 자비, 순수, 사랑, 헌신, 평화, 지혜가 불변하는 실재로서 존재하고 있음을 믿는 한 거센 폭풍우를 헤쳐나갈 수 있는 용기를 잃지 않을 수 있다.

성장하기를 멈추지 않는 한 우리는 변화될 수 있다. 내가 변하면 세상도 변한다.

수레의 주인

그의 방랑벽에 홀려서 결혼을 하고 아이를 낳았지만, 집에 들어오는 날이 거의 없이 낙동강을 떠돌아다니는 남편과 살면서 경제적으로 너무 힘들어진 나는 마침내 이혼을 결심했다. 생각할 시간과 마음을 추스를 여유를 얻기 위해 남도로 여행을 떠났다. 여섯 살 딸아이는 서울의 막내이모 집에 맡겼다.

한가로운 강진터미널에 내려 어찌어찌 백련사에 도착할 무렵 겨울 해가 지고 있었다. 바람처럼 백련사를 한 바퀴 휘돌아 서걱서걱 발걸음을 옮기는 찰나 "보살님, 어디 가세요?" 하는 소리가 들려왔다.

"무위사를 가려는데, 그곳에 가면 잠자리가 있을까요?"

"지금요? 여기 주지 스님께 말씀드리면 혹 여기서 잘 수 있을지도…… 저기로 가서 스님께 청해보시지요."

따끈하게 데워진 온돌방에서는 장판에서 올라오는 기름 향이 감돌고 닥종이 바른 창호로 은은한 불빛이 번져나는 요사채에서 메마른 영혼이 휴식을 취했다.

어둠 짙은 새벽, 대웅전에서 울려 퍼지는 예불 소리가 머릿속에서 치솟던 생각들을 가슴으로 끌어내려주었다. 아마도 《반야심경》이었을 것이다. 그것은 베네딕트 수도원의 그레고리안 성가처럼 영혼을 정화시켜주었다. 나는 계획과 달리 그곳에서 일주일을 머물렀다.

예불이 끝나면 두터운 외투를 걸치고 다산초당으로 향했다. 다산초당 가는 숲길에는 나무 그루터기가 여기저기 놓여 있었다. 왼쪽 숲 아래로 내려다보이는 강진만 하늘이 엷은 보랏빛으로 물들기 시작할 때 걸음을 멈추고 나무둥치에 걸터앉아 하염없이 새벽 하늘을 바라보았다. 여명의 하늘색은 눈을 뗄 수 없을 만큼 아름다웠다.

시간이 얼마나 흘렀는지 알 수 없는 채로 그 빛을 바라보고 있노라면 이윽고 멀리 강진 바다로부터 아침 해가 솟아올랐다. 해가 점점 커지면서 불꽃처럼 이글거릴 때가 되면 눈이 아려왔다. 그제야 생각난 듯 눈길을 거두어들이고 발걸음을 옮겨 다산초당에 이르렀다. 이때쯤이면 이미 순례꾼이나 답사객들이 초당의 샘물을 바가지에 떠서 마시고 있는 모습을 볼 수 있었다.

백련사에서의 하루는 이렇게 시작되었고, 아침 공양을 마치고 난 뒤에는 하릴없이 차실에서 남창 가득한 햇살과 놀았다. 부산을 떠나올 때의 목적을 잊어버리고 난데없이 생겨난 피정避靜이었다. 가톨릭에서는 이냐시오 영성 수련 피정을 이렇게 침묵으로 채운다.

백련사 차실 앞 마당에 수백 살은 먹었음직한 묵직한 은행나무가 있었다. 갑자기 한가로워진 나는 은행나무를 하염없이 바라보고 있는데, 문득 이상한 광경이 눈앞에 펼쳐졌다.

직선으로 한없이 뻗은 자갈길 위를 수레 하나가 질주하고 있었다. 조선시대에 죄수를 싣고 가던 수레처럼 나무 창살이 있는 수레였는데, 그 안에 나 혼자 웅크리고 앉아 있었다. 마부가 말을 심하게 채찍질하며 채근하여서 말은 미친 듯이 내달렸고, 수레의 몸체보다 더 큰 수레바퀴는 금세라도 떨어져 나갈 듯이 심하게 덜컹거렸다. 수레 속 나는 무섭게 회전하는 수레바퀴를 보며 문득 "아냐! 이건 내 수레야. 내가 고삐를 잡아야 해! 저 아무것도 모르는 마부에게 고삐를 맡겨선 안 돼! 너무 위험해!

내가 원하는 대로 내가 이끌어 가야 해!"라고 외쳤다. 주인도 아닌 마부에게 고삐를 맡겨놓은 실수를 깨닫고 다시 주인이 되기로 결심한 것이었다. 마부로부터 고삐를 낚아채자 나무 수레는 잠잠해졌다.

이것은 꿈도 환상도 아니었다. 백련사 차실에 앉아 경험한 생생한 현실이었다. 그러나 꿈이었을지도 몰랐다. 현실 어디에도 그렇게 예스러운 자갈길과 수레와 말은 없었다. 어쨌거나 눈을 뜨고 앉아서 꾼 이 꿈은 내 삶의 주인공이 나이며 내 삶의 모든 책임은 나에게 있다는 것을 확연하게 깨닫게 해주었다.

백련사에서 묵으며 기운을 차린 나는 해남을 지나 땅끝을 향했다. 출발할 때부터 흐릿했던 하늘은 점점 짙은 잿빛으로 변하더니 진눈깨비가 흩날리기 시작했다. 땅끝을 향한 구불구불한 길 오른편으로 펼쳐진 송지호는 카키색으로 변하며 부글거렸다. 지옥의 심연으로 들어가는 수문이 그러할 거라고 생각했다. 이윽고 땅끝 바다에 도착한 나는 해변의 자갈돌을 몇 개 주워 주머니에 넣었다. 갈두리 사자봉으로 오르는 산길은 숨이 턱에 차오르도록 가팔랐다. 진눈깨비는 차츰 폭풍으로 변해갔고 나는 헉헉거리면서 점점 더 비장해졌다.

사자봉의 정상에서 내려다본 바다는 더욱 짙은 카키색으로 변한 채 무섭게 으르렁거렸다.

아아, 땅끝 갈두리 사자봉에서 결단코 무릎 꿇진 않으리라. 산 채로 바다에 뛰어들어 목숨줄 끊을지라도 항복하진 않으리라.

그날 밤 나의 일기장에 쓰인 문장이다.

어찌하여 그토록 비장해졌는지는 몰라도 마치 전 군졸을 잃은 장수의, 마지막까지 무릎 꿇지 않으려는 외침이 폐부로부터 올라오는 듯했다. 바다는 여전히 아가리를 벌린 채 세상을 집어삼킬 듯이 부글거렸다.

땅끝에서 두 발 굳건히 딛고 서서 버티어낸 나는 힘을 얻었고, 부산으로 돌아와 이혼 수속을 밟기 시작했다. 가정법원에 도착한 그는 무엇인가 서류를 잘못 가져왔다며 다시 가져오겠다고 가더니 차일피일 미루면서 나타나지 않아 이혼은 흐지부지되었다. 그 후로 내가 얻은 것이 있다면 일방적으로 요구되어지던 아내와 며느리의 의무로부터의 해방이었다. 이제 나는 자발적으로 며느리 노릇을 해나갔고, 시부모님 두 분이 돌아가시고 난 뒤 시댁을 위한 봉제사를 그만두었다. 남편과 나는 그후 졸혼으로 살아왔다. 그렇게 나는 나의 카르마를 하나하나 청산해나갔다.

집중의 힘

디자인이 없는 옷을 내 손으로 만들어 입기, 두 가지 이상의 반찬이 없는 상 차리기. 이십여 년 동안 그렇게 살아오면서 나는 점점 더 외부의 영향으로부터 자유로워졌다. 입는 옷과 먹는 음식이 단순하면 할수록 삶도 단순하고 가벼워졌다.

페이스북의 설립자인 마크 주커버그에게 누군가가 물었다.

"왜 늘 회색 티셔츠만 입나요?"

"매일 아침 무엇을 입을까, 결정하지 않아도 되면 그만큼 시간과 생각의 에너지를 아낄 수 있고 그 에너지를 수십만 명의 사람들을 이롭게 하는 데 쓸 수 있기 때문입니다. 제가 알기로는 스티브 잡스와 버락 오바마도 같은 이유로 한 종류의 옷만 입는다더군요. 회색 티셔츠만 입는 이유로는 다소 엉뚱하지요?"

먹는 것과 입는 것이 단순해지면 실제로 두뇌의 빈 공간도 커지는 것 같다. 그저 배고프지 않게 먹으면 양식이고, 흩어지지 않게 입으면 옷이다. 추울 때는 목화솜을 넣고 투덕투덕 기우면 된다.

요리와 바느질은 그야말로 살림이다. 살림을 하지 못하고 돈만 벌어야 했던 지난날들의 나는 행복하지 못했다. 나는 꽤 오랫동안 살림하는 여인들을 부러워했다. 일과 삶과 놀이가 분리되지 않고 일이 곧 놀이이며 삶이 곧 일이 되었을 때, 놀이로서 하는 일과 살아가는 삶이 하나가 되었을 때 비로소 나는 나 자신을 있는 그대로 받아들이고 즐길 수 있게 되었다.

먹고사는 일이 곧 직업이 되고 살림이 되었다. 살림(집안 살림)을 잘하면 살림(살려내는)이 되고 살림(살려내는)을 하려면 살림(집안 살림)을 잘해야 된다. 이렇게 살면 되는 것을, 이렇게 살면 많은 돈을 벌기 위해 나 자신을 혹사시키지 않아도 되는 것을, 끊임없이 두리번거리고 무언가를 사들이고 남에게 어떻게 보일지 신경 쓰고 살았던 지난날의 어리석음으로부터 나는 해방되었다. 그러면서 내 삶의 질이 높아지고 자족감과 자존감

도 함께 상승하였다. 삶의 기술도 쌓여갔다.

나는 요리할 때나 바느질할 때 완성을 생각하느라 시간을 앞지르지 마라고 수강생들에게 말한다. 지금 내가 하는 행위에 단순하게 집중하는 것이 명상이고, 명상 에너지가 들어갈 때 음식이나 옷이 가볍고 편해지기 때문이다.

"바느질감과 일 미터의 거리를 두어라. 바느질이나 음식 만들기에 너무 몰입하지 마라. 그 행위를 하는 동안 내 마음을 내가 원하는 생각으로 채워라. 오직 단순하게 반복되는 손놀림과 하나의 생각에만 집중해라. 숨이 어떻게 들어와서 어디로 흩어지는지를 관찰해라. 어떻게 될 것인가, 생각하지 마라."

이렇게 훈련을 반복하다 보면 사람과의 관계 맺기도 이와 같다는 것을 깨닫게 된다. 나에게 지금 필요한 에너지를 생각해 내어 그 에너지를 시각화하고 느낌과 감정을 불러일으키면서 바느질을 하거나 나물을 다듬게 되면 놀랍도록 몸과 마음이 이완된다. 결과물의 완성도도 훨씬 높아진다.

어제 저녁에도 그렇게 바느질 명상이 시작되었고, 열한 명의 여인들은 느리고 안정된 음률을 들으며 장바구니를 만들었다. 저녁 7시에 시작한 바느질 놀이는 9시 반쯤 되어서 끝났고, 하나둘씩 각자 완성된 가방을 가지고 돌아갔다.

평화의 방

어두컴컴하고 퀴퀴한 부산 남산동의 반지하 사무실은 적당한 크기였고 임대료도 적당했다. 사무실을 깨끗이 청소한 뒤 맥반석을 두드려 만든 맷돌 분쇄기 두 대와 공기유도식 분쇄기 한 대를 놓았다. 산에서 햇볕에 말린 여러 곡물과 잎채소, 뿌리채소를 가지고 내려와 분쇄하여 가루로 만든 다음 다시 산으로 가지고 올라가 무게를 달아 포장한 것들을 밤늦도록 손으로 꿰맨 면주머니에 담아 생식 회원에게 택배로 보냈다.

한 달에 두 번 정도 분쇄를 하러 남산동으로 내려왔는데, 한 번에 빻는 재료의 양은 80킬로그램 남짓이었고 커다란 플라스틱 박스에 담으면 서너 박스가 되었다. 이 무거운 박스들을 산속 오두막집 작은 마당 앞에 세워진 낡은 자동차에 싣고 내려와 반지하 분쇄실로 옮기는 일은 만만치 않았다. 한 달에 두 번 생식 재료를 빻는 일은 하루 종일 걸렸다.

일하는 사이 먹는 주먹밥은 그야말로 꿀맛이었다. 현미에 서리태콩과 수수, 차조, 기장, 도자기소금을 넣고 만든 것이었다. 주먹밥 한 개와 사과 한 알을 먹으며 "빵이 이만큼 맛있겠어, 떡이 이만큼 맛있겠어" 중얼거렸다. 아이를 학교에 보낸 뒤 이 모든 일을 혼자 하면서 마음은 늘 충만했다. 이 시절은 온전하게 신만을 생각하고 살았다. 충족되고 고양된 삶이었다. 어려운 일이 닥칠 때면 "나는 하나도 걱정 안 해요. 모든 게 당신 책임이니까요"라는 생각이 절로 들었다.

분쇄기는 그다지 많은 자리를 차지하지 않았고, 사무실 공간은 적당하게 여유가 있어서 나는 이곳에 명상실을 만들고 싶어졌다. 높은 천장에 합판을 덧대니 좀 더 아늑해졌다. 벽지를 사다가 도배를 하는데, 벽면 바르기는 어렵지 않았지만 천장을 바를 때는 붙이면 떨어지고 다시 겨우 붙이면 또 떨어졌다. 팔과 어깨가 떨어져 나갈 듯이 아픈데도 벽지가 천장에 붙을 생각을 안 해 마침내 주저앉아 울고 말았다.

"날더러 어떡하라는 거예요. 이건 당신의 일이잖아요."

명상실의 에너지가 부드럽게 흐르도록 하늘하늘한 하얀색의 주름 잡힌 커튼이 필요했지만, 옷감을 살 수 있는 돈이 모일 때까지 기다려야 했다. 중고 가게에서 사들인 의자는 비누로 박박 문질러 씻어 햇볕에 잘 말려서 명상실로 가지고 왔다. 명상 음악을 들려줄 중고 오디오도 사고 명상실의 조명을 조절할 수 있는 아름다운 램프도 샀다.

반지하 방으로 내려오는 계단과 출입문 입구에는 예쁘고 소박한 촛대를 세워놓고 불을 밝혔다. 촛불이 일렁이는 작고 가난한 명상실은 따뜻한 빛으로 채워졌다. 눅눅한 습기를 머금어 퀴퀴한 냄새가 밴 이 공간을 깨끗이 청소하고 향을 피우자 편안한 느낌이 감돌게 되었다.

한 달에 두 번 생식 가루를 빻는 날을 제외하고 이곳은 아주 아름답고 훌륭한 명상실로 변신했고, 어찌어찌 찾아오는 사람들에게 내가 배우고 익힌 라자요가 명상의 지식을 나누어주기 시작했다. 이 명상실은 '피스룸peece room'이라는 이름으로 불렸으며, 이곳을 드나들던 많은 사람들에게 아름다운 기억을 남겨주었다.

원주에서 영성 아쉬람을 운영하는 문진희는 피스룸에 들어오자마자 "이게 뭐야? 아니, 여기가 무슨 독립군 임시정부 사무실이야?"라며 놀렸지만, 나 자신과 이곳을 방문한 사람들에게는 결코 잊히지 않는 아름답고 평화로운 공간이었다.

이 피스룸에서 나의 영적인 목마름이 채워졌고, 철마산 숲속 생활은 자연과 살고 싶다는 나의 욕구를 채워주었다. 하지만 대상이나 조건이나 환경에 의존한 충족과 행복은 환경과 조건이 변하게 되면 언제라도 부수어질 것 같았다. 나는 다시 한번 맞서고 싶었다. 확인하고 싶었다.

내가 행복하다고, 평화롭다고 여기는 이 마음은 얼마나 견고한 것인가? 어떠한 대상이나 조건 없이도 감사한 마음으로 살 수 있는가?

다시 한 번 실험이 필요하다는 것을 느꼈다. 나는 현실을 살아가는 힘을 키워준 철마산과 나의 영적 목마름을 채워주었던 피스룸을 떠나 다시 도시로 나왔다. 서툴고 막막한 문명 세계의 삶을 다시 익히기 시작하였다. 그러나 이전처럼 비틀거리지 않고 적응해 나아갈 수 있었다.

감로의 시간

새벽에 들어온 남편은 안방 문을 살며시 열다가 꼿꼿이 앉아 명상하는 아내의 모습을 보고 살며시 문을 닫았다. 언제나 한결같이 그 시간이면 깨어 있는 아내의 모습을 보는 것이 그에게는 오래된 일이었다. 부부로 맺어졌으나 서로의 길은 달랐다. 우리에게 부부란 다른 길을 걸으면서 함께일 수 있음을 알아가는 과정이기도 했다.

밤이 깊어갈 즈음 아이를 다독이며 재우던 내가 깜박 잠이 들면 품에 안긴 아이는 "엄마, 기도하구 자" 하고 나를 살짝 깨웠다. 조그만 기도상에 놓인 촛불이 켜지고 나의 기도가 시작되면 아기는 스르르 잠이 들었다.

인도에서는 새벽 네 시를 '암릿벨라amrit vela'라고 한다. '감로의 시간'이라는 뜻이다. 하루가 시작되기 전 여명이 밝아오는 새벽은 만물이 깨어나는 정淨하고 길한 시간이다. 기도란 신에게 바치는 나의 말이고, 명상이란 신이 나에게 하는 말을 듣는 것이라고 한다. 나는 신의 말을 듣고 싶었다.

이른 새벽과 잠들기 전 저녁에 기도를 멈추고 명상을 하기 시작했다. 이렇게 시작한 새벽 명상을 지난 이십 년 동안 거르지 않았지만 얼마 전부터 느슨해졌다. 암릿벨라의 시간을 갖지 못하면 하루살이의 단단한 기둥이 힘을 받지 못한다는 것을 잘 알면서도 나는 매일 하던 명상의 기둥이 허물어지면 어떻게 되는지 지켜보고도 싶었다.

암릿벨라와 라자요가 수행을 철저히 하는 동안은 내 안으로 스며드는 여러 산만한 에너지를 차단하느라고 사람들과의 교류를 극도로 제한했었다. 다시 사회생활을 시작하면서 사람들과 어울리니 함께 먹는 일이 제일 큰 문제가 되었다. 밥을 함께 먹으면 가까워지기 쉬운데 밖에서는 내가 먹지 않는 파, 마늘, 양파, 부추나 멸치국물이 들어가지 않은 음식이 거의 없었다. 어쩌다가 부주의로 입에 들어온 작은 한 조각의 양파 냄새가 여러 시간 동안 입안에 남아 괴로운 적도 있었다. 밖에서 사람을 만나면 끊임없이 말하거나 이야기를 들어야 하는 것도 문제였다. 관계를 맺는다는 것은 함께 먹는 것과 이야기를 나누는 것으로 깊어지는데 이 두 가지 모두가 내게는 몹시 힘들었다. 처음으로 사회생활을 시작하는 사람처럼 모든 게 서툴고 때로는 낯설었다.

이러한 나를 가족들은 그동안 얼마나 참아준 것일까? 나는 왜 그렇게도 스스로 계율을 만들어 그토록 엄격하게 지키려 했던 것일까?

내가 잘 아는 할아버지 신부님은 "진짜 착한 사람, 잘 사는 사람은 기도할 필요가 없으니까 종교를 갖지 않는다"라고 말했다. 딸도 "마음이 약한 사람이 기도하고 명상하는 것 같아"라고 했다.

그래. 나는 너무나 약해서 세상 모든 것에 이리저리 흔들려 마음을 단단하게 할 수 없었기에 그토록 절실하게 내 나름의 규칙 속에 자신을 가두어야 했는지도 모른다. 나는 알고 싶었다. 타고난 나의 한계를 얼마나 뛰어넘을 수 있는지, 정말로 나 스스로 원하는 만큼 변모할 수 있는지.

세상 속에 살면서도 세상에 속하지 않는 것처럼 살기란 결코 쉬운 일이 아니었다. 때로는 그렇게 훌쩍 지나간 시간들이 까마득하다. 그동안 나는 무엇을 하고 살아온 것일까? 수십 년 동안 몸담아온 세계가 왜 이다지도 낯선 것일까? 사람과 어울려 사는 삶, 친절함과 관심을 가지고 서로 돕고 존중하며 사랑하는 삶, 그 삶을 사는 것이 이다지도 어렵단 말인가?

나에게 세상은 나와 딸이 살아가는 바다다. 끊임없이 일어나는 해일을 헤치고 우리가 먹을 양식을 구해야 했다. 살아간다는 것은 이 넓은 바다에서 먹을 것을 구하는 일이었다. 한 생을 살아내는 것은 사람됨의 의무이며, 이 의무를 잘 이행하려면 먹고 숨 쉬는 일을 잘해야 했다. 나는 이 일들을 열심히 해왔다. 한생을 살면서 자신의 생존을 스스로의 힘으로 해결하는 것은 아주 중요한 과제다.

나의 스승께서는 말씀하셨다.

"모든 것으로부터 독립할 수 있을 때 네가 자유로워진다. 물질이든 사람이든 모든 관계로부터 자유로워져라."

지난 세월 세상 속에 살면서도 세상을 보지 않고 듣지 않고 사는 연습을 끊임없이 하였다. 어느 날은 세상 속으로 들어가 때로는 스스로의 계율을 허물어본다. 무슨 일이 일어날까?

새벽에 일어나 명상하고 매일 진리의 말씀을 공부하고 직장의 일을 하고 난 뒤 돌아와 몸을 씻고 저녁을 먹은 뒤 하루의 일과와 그날의 시간들을 점검하고 잠들기 전에 명상하는 삶. 가장 소박하고 깨끗한 음식을 먹는 것, 보는 것과 듣는 것과 말하는 것에 주의를 기울이고 몸과 마음을 깨끗하고 건강하게 돌보는 일이 힘든 것일까?

　진흙에 물들지 않는 연꽃처럼 살기 위하여 무엇을 버리고 무엇을 취할 것인가, 나는 계속 묻는다.

요가의 길

인도 라자스탄의 마운트 아부에 세계영성대학교 브라마쿠마리스Brahma Kumaris('브라마의 딸들'이라는 뜻)를 세운 다다(할아버지와 형을 동시에 뜻하는 말로, 일반적으로 존경하는 나이 든 분을 호칭할 때 사용함) 레크라즈 크리팔라니에 대하여 이야기할 차례가 되었다.

2001년 가을 마운트 아부에서 그를 만난 후 나의 영적인 방랑은 완전히 종지부를 찍었다. 내 손에는 삶의 문을 여는 황금 열쇠가 놓여졌다.

브라마 바바로 불리는 다다 레크라즈는 1884년 신디 지역

크리팔라니 집안에서 태어났다. 학교 선생이었던 다다의 부친은 아들이 자신의 뒤를 잇기를 원치 않았다. 다다는 작은 미곡상米穀商을 시작했고 조금 남는 이윤을 모두 저축했다. 좀 더 야심찬 사업을 시작할 수 있을 만큼의 재산을 모았을 때 다이아몬드 장사를 시작했다. 그는 여러 보석들의 가치를 거의 직관적으로 식별해내는 전문 지식을 갖췄다. 그의 명성은 아주 짧은 기간에 널리 퍼졌고 사업은 점점 번창했다. 영국의 총독은 물론 인도 각 지역의 왕들도 그의 고객이 되었고 친구가 되었다. 그는 단지 빛나는 다이아몬드를 갖고 있었기 때문이 아니라 내면에서 찬란히 빛나는 아름다운 성품으로 인해 궁전의 모든 의식에 초대되어 극진한 대우를 받았다. 왕궁에 사는 모든 이들은 다다가 종교심이 깊다는 것과 성품과 행동이 순수하다는 것을 잘 알고 있었다. 왕들은 다다에게 "신께서 우리를 왕으로 만들고 당신을 왕으로 만들지 않은 것은 신의 실수입니다"라고 말하곤 했다.

"왕들이 다다를 얼마나 존경했는지 아세요? 왕들이 다다를 초대할 때는 특별 초대장을 보냈어요. 왕궁에 특별 예약석을 마련했다가 다다가 오시면 곧장 그곳으로 모셨지요."

다다의 며느리 찬드라가 말했다.

다다는 교육을 많이 받지 못하였지만 스스로 공부하여 신디

어에 능통했고 힌디어로 쓴 철학과 종교 서적도 두루 섭렵했다. 그리고 펀자브어로 쓰인 경전 《구루무키Gurumukhi》(스승의 기록)와 《구루그란트 사히브Guru Grant Sahib》(스승의 책)에 정통했다. 또한 영어도 유창했다. 다다는 편지 쓰는 데 특히 재능이 있었다. 그의 문체는 간단명료했지만 고상하고 고귀한 생각을 담고 있었다. 그는 문학과 예술에 대해 섬세한 감식력을 지니고 있었고, 어떤 형태일지라도 그에게 기억된 진리는 그것이 포착되고 느껴진 순간의 맛을 그대로 간직하고 있었다. 보석을 새롭게 디자인할 때도 특이한 직관력이 번뜩였다. 그는 결코 다른 사람을 모방한 적이 없었다.

인도에서는 관습적으로 한 사람이 태어나 사회적 구성원으로서 임무를 다한 다음 나이가 육십이 되면 숲으로 들어가 은둔하며 명상 기도로서 한 생의 마감을 준비하고 다음 생을 준비하는 것을 목표로 삼는 사람이 많았다. 브라마 바바도 그러한 시기를 맞은 즈음 신의 비전을 보게 되어 전 재산을 학교 설립에 쏟아부어 여성 영적 지도자들을 양성해냈다. 여성 영적 지도자들을 키우는 요가 명상 학교로는 세계에서 이곳이 유일하다.

이 학교에서 내가 영혼이며 무한히 작은 한 점의 빛이자 비물질적인 생명 에너지라는 것을 배웠다. 신 또한 한 점의 빛이며 비물질적 에너지이고, 평화, 사랑, 순수, 지혜, 힘, 행복, 희열로 가득한 속성을 지녔으며, 사람의 영혼은 이러한 신의 속성을 닮았다고 배웠다.

신과 하나가 되는 것이 요가의 핵심이다. 요가란 연결을 뜻하기도 한다. 신과 연결되어 일치되는 상태가 진정한 요가의 상태인 것이다.

나는 빛으로 나아가 신과 연결되고 싶었다. 나를 신으로부터 분리시키는 두려움과 수치심을 떨쳐내고 싶었다. "아가, 어디 있느냐?"고 그분이 부르실 때 "네, 저, 여기 있어요"라고 활짝 웃으며 뛰어나가고 싶었다. 그러나 뿌리 깊고 끈질긴 어둠은 수시로 발목을 낚아채고 '네가 뭔데?' '이 사과를 먹어야만 해'라고 에덴동산에서 이브를 유혹한 사탄처럼 속삭이며 나의 신성과 자존감을 무너뜨리기 위하여 호시탐탐 기회를 노렸다. 어둠은 사탄의 상징이었다. 사탄은 나의 신성을 무너뜨리기 위해 끊임없이 속삭였다. '네가 뭐라고. 너는 할 수 없어. 너는 나약하고 결점투성이야. 너는 유한해. 한세상 살다 가는 거니까 대충 살아. 어렵게 살지 마. 대충 포기하고 살아. 어차피 사람인 걸. 누구나 다 그래.' 빛은 어둠과 싸우지 않는다고 나의 스승은 가르쳐주었다. "빛이 커지면 어둠은 사라진단다."

바바는 말씀하셨다. "얘야. 너는 지금 라반('사탄' 또는 '악마'를 뜻함)과 권투 시합을 하고 있는 거란다. 이길 때도 있고 질 때도 있으니 게임을 즐기려무나."

나는 그림자놀이를 하는 것처럼 빛과 어둠 사이를 들락거리면서도 이 세상 사람들 하나하나가 독특한 존재이며 가치가 있는 존재라는 것을 이해하게 되었다. 지금 내가 하는 역할 또한 이 세상에서 오직 나만이 할 수 있는 고유한 것이었다. 신으로부터 부여받은 나의 배역에 충실할 때 신과 연결되고 요가가 이루어진다는 것을 배웠다.

나는 무엇인가 되기 위해 애쓰고 돌아다닐 필요가 없다는 것을 알게 되었다. 있는 그대로 그저 존재하면 되는 것이었다. 나는 밝아졌고 행복했다. 이처럼 요가의 길은 쉽고 단순했다.

요기가 된 여인들

지금으로부터 80여 년 전 현재의 파키스탄에 있는 하이데라바드 신디 지방에서 다다 레크라지가 설립한 명상 수련 학교 '옴만달리'에 사람들이 모여들기 시작했다.

신디 지방은 무역상들이 많은 곳이다. 남자들이 커다란 배를 타고 여러 해에 걸쳐 전 세계를 누비며 보석이나 차, 향신료를 팔러 다니는 동안 여인들은 인도의 전통과 관습을 지키며 집을 지켰다. 아내에게 남편은 신이며, 여자는 아버지, 남편, 아들의 결정을 무조건 따라야 하는 관습이 남아 있던 시절이었다.

가난한 사람들에게 자선을 베풀고 가족 친지들을 돌보며 깊은 신앙심을 지닌 다다 레크라지는 '나는 한 점의 빛의 영혼이다. 나는 평화, 사랑, 힘과 지혜로 가득 찬 영혼이다. 육신은 단지 영혼의 옷에 지나지 않는다'라는 가르침을 폈고, 그를 찾은 많은 사람들은 빛의 황홀경으로 들어갔다.

'나는 인내와 관용을 요구받는 종속적인 존재가 아니다'라는 것을 깨달은 여인들은 다다가 가르치는 라자요가 명상으로 점점 힘을 얻고 독립적인 삶을 살기 시작했다. 여전히 남편이 죽으면 따라 죽어야 하는 순장 제도가 남아 있던 인도의 한 지방에서 여인들의 영혼이 깨어나 요기로 살기 시작하게 된 것은 엄청난 혁명이었다.

다다의 친구인 수많은 귀족들과 대상들이 가족을 이끌고 다다에게로 왔다. 그들은 검소하고 단순한 삶을 새롭게 시작하였다. 하인들을 풀어주었고, 스스로 빨래와 청소를 하고 음식을 만들었다. 화려하고 풍요로운 파티를 멈추고 한 장의 차파티와 한 종지의 기ghee(정제된 부드러운 버터)로 위장을 채웠으며, 새벽에 일어나 하루 종일 카르마요가Karma Yoga(행동하는 동안의 요가 상태)를 하며 시간을 보냈다.

사람들 삶의 문화가 달라졌다. 나약하고 볼품없던 어머니들이 요가 명상을 가르치는 구루가 되었다. 수백 년 동안 남자들이 지배해왔으며 영적 가르침조차도 남자들의 전유물이었지

만, 빛으로 밝아져 지혜의 힘이 가득해진 여인들은 집에서 기타파샬라(기타 경전을 공부하는 곳)를 열고 인도의 고대로부터 내려오던 경전 《바가바드 기타》의 참 진리를 재해석해서 가르치기 시작했다. 남성만이 앉던 법좌에 가냘픈 여인들이 앉아 기타의 머얼리('피리'라는 뜻으로 기타 경전에서 크리슈나가 말한 것을 가리킴)를 읽을 수 있었다. 하얀 사리를 입은 여인들이 집에서 라자요기로 살아가는 이른바 가정에서의 수행이 펼쳐지게 되었고, 그들은 세상 속에 살되 진흙에 물들지 않는 연꽃처럼 살아가는 힘을 라자요가 명상을 통해 채워갈 수 있었다. 집이 아쉬람이 되고 수행은 보편적 삶이 되는 시대가 온 것이었다.

브라마 바바가 된 다다 레크라지는 13년 동안 어린 소녀들과 어머니, 그리고 그 가족들 삼백여 명이 요가를 통해 침묵의 힘이 가득해지도록 격려하며 천상의 천사처럼 키워냈고, 전 재산을 털어 학교를 세우고 관리위원회를 만들어 이제 갓 스물이 넘은 젊은 여인에게 학교 운영을 맡겼다. 사라스와티 Sarasvati('지혜의 여신'을 뜻하는 말로 여기서는 학교 운영을 맡았던 젊은 여인을 가리킴)로부터 시작된 세계를 위한 봉사는 다디 장키와 다디 자얀티(유럽 지역 브라마쿠마리스의 총괄 운영자)를 통해 런던에서부터 전 세계로 퍼져나갔다. 브라마쿠마리스는 유엔 경제사회이사회ECOSOC와 유네스코의 자문기관이 되었고, 뉴욕에는 피스빌리지가 세워졌다.

이렇게 80년 전 인도의 작은 한 지방에서 일어난 빛의 불길은 섬세한 여성들의 힘으로 전 세계로 번져나갔다.

2001년, 브라마쿠마리스 세계영성대학교에서 매해 10월에 열리는 영성 수련회 '피스 오브 마인드Peace of Mind'에 참석한 나는 마운트 아부의 기얀사로바에서 위엄과 지혜로 가득한 아름다운 할머니들을 실제로 보았다. 권위와 파워로 가득 차 있는 할머니들의 단순한 가르침은 비할 데 없이 경이로웠다. 나는 이들이 모범을 보여준 가정에서의 수행의 길을 가기로 결심했다. 그 길은 단순하고 안전한 길이었다.

내가 이 학교에 몸담았던 지난 이십여 년 동안, 브라마 바바가 살아계실 때부터 헌신해온 많은 어른들이 돌아가셨다. 남아 있는 어른들조차도 팔십, 구십의 나이를 지났다. 그들을 만날 수 있었던 것은 나의 크나큰 행운이었다.

살아 있는 모범 다디 장키

2001년 가을 인도 뭄바이 국제공항에 내리자마자 흰옷을 입은 젊은 남자 두 명이 다가와 우리의 짐이 담긴 커다란 여행 가방을 빼앗아 들고 가서 공항 밖에 세워둔 차에 실었다. 선하고 평화로운 사람들이었다.

　10월의 뭄바이는 더웠다. 낡고 복잡한 도로를 덜컹거리며 달리던 차는 이십여 분 지나 어느 골목 안 낡은 3층 건물 앞에서 멈췄다. 마당은 좁았고 1층에는 명상실과 부엌 식당이 있었다. 우리는 2층의 침실로 안내되었다. 세 개의 침대가 있는 방이었다. 나를 안내해주는 마리아 선생님과 시드니에서 왔다는 오십 대가량의 어떤 여자 분이 룸메이트가 되었다. 천장에 매달린 커다란 선풍기가 부우웅 소리를 내며 돌아가고 있었다. 나는 낡은 샤워기를 틀어 땀에 젖은 몸을 씻었다. 모든 게 낯설었지만 묘하게 아늑하고 평안했다.

아래층 부엌에서는 흰색 사리를 입은 여자들과 울긋불긋한 사리를 입은 여자들이 엄청난 양의 라면땅처럼 생긴 과자를 반죽하여 튀기고 있었다. 마운트 아부의 브라마쿠마리스 본부로 보내기 위한 것이었다. 오후 3시에는 캠퍼스 안의 모두에게 이 과자와 인도식 홍차 차이가 제공되었다. 명상실에는 밝지 않은 빛의 붉은 조명이 켜져 있었고 낡고 커다란 의자들이 놓여 있었다.

브라마쿠마리스 세계영성대학교에서 매해 10월에 열리는 피스 오브 마인드에 초청받은 60여 개국 사람들이 델리와 뭄바이 국제공항을 거쳐 라자스탄의 마운트 아부로 가기 위해 모여들었다. 뭄바이 센터와 델리 센터는 세계 각국에서 모여드는 순례자들이 편안하게 아부로 갈 수 있도록 최상의 편의를 제공했다.

아부로 가는 길은 두 갈래가 있었다. 한 시간 동안 국내선 비행기를 타고 아메다바드로 갔다가 대여섯 시간 걸려 자동차로 이동하는 길과 뭄바이나 델리에서 열서너 시간 가야 하는 기차편이었다. 우리 일행은 뭄바이 공항에서 아메다바드로 가는 국내선을 탔다. 한 시간여가 지난 후 도착한 시골 버스정류장 같은 아메다바드 공항에서 흰색 사리를 입은 여인들이 장미꽃을 들고 활짝 웃는 얼굴로 우리를 환대해주었다. 흰옷을 입은 남자들이 친절하게도 우리의 짐을 커다란 카트에 실어 차로 날랐다.

아메다바드의 로터스센터는 깨끗하고 아늑했다. 마당에는 커다란 철제 그네가 흔들리고 있었다. '다디('할머니'를 뜻하는 말로 나이 든 여성에 대한 존칭어)'라는 말이 무엇을 뜻하는지도 몰랐던 그때 "다디가 오셔"라는 말을 듣는 순간 두 눈에서는 뜨거운 눈물이 폭포수처럼 쏟아져 나왔다. 주체할 수 없이 눈물범벅이 된 나를 본 하얀 사리를 입은 어떤 여자가 나를 맨 앞줄로 데려갔다.

수백 명의 사람들이 꽉 들어찬 강당에서 나는 다디 장키를 처음 보았다. 그분의 힌디어를 알아들을 수는 없었지만 그분의 눈에서 뿜어 나오는 광채가 나를 관통하였다. 나는 아무 생각 없이 뜨거운 눈물만 흘렸고 그분은 다이아몬드처럼 빛나는 눈빛으로 나를 들여다보셨다. 그 눈은 헤아릴 수 없을 만큼 깊었다. 무게를 알 수 없는 사랑의 물결이 나를 덮었다.

그 후로도 다디 장키를 만나면 눈물부터 났다. 목소리만 들려도 눈물이 났다. 왜 그런지 알 수 없었다. 몇 년이 지나고 나서야 끊임없이 흘러내리던 눈물이 멈추었다.

"머리는 차고 가슴은 뜨거워야 한다. 너의 평화의 파동을 세계로 퍼뜨려라. 옴 샨티, 옴 샨티, 옴 샨티."

할머니의 목소리는 공명하며 강당을 채우고 사람들의 마음 속으로 깊이 스며들었다.

장키 할머니는 스무 살 즈음에 브라마 바바를 만났고 완전한 침묵과 헌신으로 요기의 삶을 살아온 지 육십 년이 지났다고 했다. 다디를 만난 이후로 나는 살아 있는 모범 다디처럼 살기로 결심했다.

"묵묵히 네가 할 일을 해라. 언젠가는 그렇게 될 것이다. 눈에 보이는 모든 것은 거적때기에 지나지 않는다. 곧 사라지고 말 그것들에 관심 두지 마라. 사랑, 평화, 침묵 그 자체가 되어라. 말을 하지 마라. 너의 얼굴을 보고 사람들은 느낀다. 세상이 무너져 내릴 때 사람들은 빛을 찾아서 온다. 진리의 등불은 덮어도 가려지지 않는다. 진리의 배는 흔들리더라도 결코 가라앉지 않는다."

장키 할머니의 지혜는 바다같이 깊었고 그 영혼의 빛은 번개가 되어 내 영혼을 적셨다.

스물 살 무렵부터 브라마쿠마리스 명상학교에서 헌신해온 다디는 헌 옷 꿰매는 일과 부엌에서 음식 만들기를 가장 좋아하셨다고 했다. 1970년대 처음으로 영국의 런던에서 영적 봉

사를 시작했을 때 영어를 하지 못했던 다디는 영성 교육은 젊은 자얀티에게 맡기고 자신은 부엌에서 음식만 만들었다는 옛날이야기를 들려주었다.

마운트 아부의 기얀사로바 강당에서 다디는 영성의 길에서 가장 중요한 일이 순수한 음식을 만들고 먹는 일이라고 말했다. 나는 거친 파동이 들어 있는 음식 재료인 육류와 향이 강한 오신채를 뺀 채소로 음식을 만드는 일, 그리고 그렇게 깨끗한 재료를 가지고 음식을 만드는 사람이 가진 사랑과 평화의 파동이 음식에 깊이 스며들어가서 먹는 사람의 에너지를 변화시킨다는 것을 알게 되었다. 또한 완전히 순수한 음식, 평화로 가득한 음식이 어떤 것인지를 라자요가Raja Yoga 명상을 통해서 배웠다.

"너희가 먹는 음식과 음료는 순수하고 기품이 있어야 한다. 소박하고 깨끗한 음식, 신의 사랑이 담긴 음식이 너희를 변화시킬 것이다."

신의 가르침은 이렇게 시작되었다.

마운트 아부의 아름다운 캠퍼스 기얀사로바('지혜의 호수'라는 뜻)에서 음식을 만지는 일이 수행의 지름길이라는 것을 배우고 돌아온 나는 나에게 주어진 요리사라는 숙명적인 직업을 깊이 이해하고 받아들이게 되었다.

평화가 깃든 밥상

마운트 아부의 기얀사로바에서 이십여 일 지내고 온 후로 나의 생각은 브라마쿠마리스에 대한 생각으로 가득 채워졌다. 이 학교에서 가르치는 라자요가 명상의 길을 걷는 요기의 삶은 내가 그토록 절실히 원했던 수행의 길이었다. 그것은 지극히 실제적인 요가 수행의 길이었다. 나는 망설임 없이 라자요가 수행자로서의 삶을 선택했다.

　인도에서는 라자요가 수행자를 라자요기라고 부른다. 라자요가는 인도의 모든 요가 중에서도 궁극적인 요가이며, 브라마쿠마리스에서 가르치는 라자요가는 고대 인도로부터 내려오는 요가 수행법을 새롭게 복원한 것으로 모든 육체의식에서 벗어나 영적인 존재로서 영혼의식과 왕권을 가지고 육체의식을 통제하며 다스려 고양된 영적 존재로 항상 신과 연결되어 살아가도록 안내한다. 라자요가를 수행하는 이 길은 나의 모든 불안과 영적 방랑을 끝내고 스스럼없이 일상에 충실할 수 있는 기회를 제공해주었다.

당시 부산에 살고 있었던 나는 부산에도 브라마쿠마리스 명상센터가 있어야 한다고 생각했다. 이 좋은 수련법을 사람들에게 전하고 싶었다. 브라마쿠마리스에서는 왕권을 가진 영혼이 몸을 부양하기 위하여 순수한 파동을 지닌 음식을 만들어 먹는 것이 매우 중요한 요소라고 가르쳤다. 수행의 열의가 가득한 나에게 서울의 센터를 오르내리는 것은 힘든 일이 아니었으나, 보그bhog(신께 바치는 음식)를 만들어 나누어 먹는 것이 영적 성장의 필수 요소였는데 보그를 만드는 건 센터에서만 가능했기에 부산에 센터를 만들어야 한다는 사명감이 일었다.

금정산 자락에 명상센터를 만든 뒤 호주의 블루마운틴에서 오신 아시아태평양 지역의 브라마쿠마리스 지도자 디디('이모' 또는 '언니'라는 뜻으로 나이 든 여성에 대한 존칭어) 니르말라에게 물었다.

"디디, 저는 조그만 죽집을 차리고 싶어요."

나 자신의 생계를 유지하고 센터를 운영하기 위해 일정한 수입이 필요해서였다. 디디의 말씀은 언제나 그랬듯 단호하고 간결했다.

"네가 사업을 하게 되면 요가를 할 수 없단다. 그러니 직장을 구하거라. 여러 가지 걱정거리로 너의 마음이 채워지면 신과의 연결이 끊어지게 된다."

나는 디디 말씀에 담긴 의미를 즉시 알아차렸다.

하지만 내 나이 이미 오십 중반을 넘었는데 어디서 직장을 구한단 말인가? 나에게는 나 자신을 부양할 의무뿐만 아니라 고등학교에 다니는 딸과 센터를 돌보아야 하는 의무가 있었다. 당시의 나로서는 팔 년 동안 산에서 생식을 먹고 생식을 판매하는 것으로 생계를 유지해왔기 때문에 시내로 내려와 내가 먹고살 만한 어떠한 일이 있는지 알 수 없었다.

그러나 가톨릭에서 귀가 닳도록 순명의 미덕에 대해 들어온 나는 영적 지도자가 전하는 말은 곧 신의 뜻이라고 받아들였다. 나에게는 디디의 말씀이 곧 신의 말씀이었다. 신의 뜻은 일순의 지체 없이 따라야 했다. "나를 따르라"는 야훼의 말씀이 떨어지자마자 즉시 천막을 걷고 길을 떠났던 아브라함처럼 나는 늘 말씀을 따라 떠날 마음의 준비를 해야 한다고 생각해오지 않았던가? 늦게 얻은 귀한 아들 이삭마저도 그분의 말씀 한

마디에 주저함 없이 제단에 바친 아브라함의 신앙을 나는 한시도 잊을 수 없었다. 나의 영적 지도자인 디디 니르말라의 조언은 그대로 바로 신의 지시이기도 했다. 나는 디디의 조언을 액면 그대로 받아들였다.

브라마쿠마리스에서는 누구나 자신의 직업을 가져야 하는 의무가 있다. 자신의 생계에 대한 책임을 스스로 지는 삶이라야 카르마로부터 자유로울 수 있기 때문이다. 센터는 자발적인 기부금과 센터를 돌보는 사람의 헌신과 자원봉사자들의 봉사로 운영되었다. 센터에 오는 사람들은 사랑과 보살핌의 느낌으로 가득 채워져 갈 수 있어야 했다.

"네게 온 어떤 사람도 맨손으로 돌아가지 않도록 해라. 어떤 선물이라도 주어서 보내야 한다." 할머니 다디 장키는 늘 말씀하셨다. 아주 작은 것이라도 기억될 만한 선물을 주는 것은 브라마쿠마리스의 관습이었다. 물건이 없을 때는 달콤한 한 조각의 과자로도 족했다. 이때 무엇보다 중요한 것은 마음속에 새겨진 순수성이었다. 순수성이란 내면의 깨끗함은 물론 외적인 순결함도 포함하고 있었다. 센터를 돌보는 이는 이러한 순수성을 지키기 위하여 고기나 생선, 파, 마늘 같은 거친 파동의 음식을 만지는 것조차 조심해야 했다.

내가 아는 것이라고는 음식 만들기밖에 없는데 음식점에 요리사로 취직하게 되면 불순하고 거친 에너지의 식재료를 만져야 할 테니 할 수 없겠고 설거지나 청소 정도는 괜찮겠다고 생각하게 되었다. 그러나 아무리 헤아려보아도 식당 설거지 일로는 아이 공부를 시킬 수 없을 것 같아 고민하던 차에 전라도 강진의 다산문화연구소에서 기술이사로 일해달라는 요청이 왔다. 부산의 명상센터에는 이미 학생이 여럿 생겨서 내가 없어도 되는 상황이었다.

이후 어찌어찌 나는 다시 서울에 오게 되고 2002년 임기 철 마산에서 출판사 샨티와 약속했던 책을 그제야 쓰게 되었다. 이 책은 2009년 7월 '평화가 깃든 밥상'이라는 이름으로 세상에 나오게 되었다. 나는 이 책을 교재 삼아 다시 요리 수업을 하게 되었다. 어릴 적부터 단 한 번도 꿈꾸어본 적 없는 작가로 걸음을 내디디면서 요리 선생으로 돌아온 것이다. 그렇게 나는 피하고만 싶었던 일을 결국엔 또 하게 되었다. 이때 내 나이 환갑이었다. 내가 살고 싶은 삶과 신이 하라고 하는 일은 이렇게 달랐다.

"예스. 예스. 하라는 대로 하겠습니다."

이 길은 내가 태어나기 전부터 이미 예정된 것이었고, 나는 이 길을 이해하고 받아들였다.

'평화가 깃든 밥상'의 특징은 파나 마늘 등의 오신채를 넣지 않고, 농부들이 정성을 다해 기른 유기농 재료로 요리한 채소 음식들이라는 것이다. 그야말로 거친 파동을 끌어들이지 않은 순수한 파동만을 담은 음식이다. 책에는 몸과 마음을 평화로 이끄는 이 음식들에 관한 레시피와 이야기가 담겼다. 나는 그 음식들이 많은 사람들의 지친 영혼을 어루만져주리라는 확신에 주저함이 없었다.

고요히 홀로 앉아

명상의 자세가 어떠해야 하는지 곳곳에 따라 가르침이 다르다. 《티베트의 지혜》에서 뒤좀 린포체는 이렇게 말한다.

오랫동안 들판에서 힘써 일하고 집으로 돌아와서 벽난로 앞에 놓인 그가 좋아하는 의자에 앉은 한 남자를 상상해보라. 그는 종일 일했으며 그가 원하던 것을 얻었다. 그에게는 더 이상 걱정할 것도 없고 성취하지 못한 것도 없다. 모든 근심으로부터 온전히 벗어난 그는 만족스럽고 순박한 마음 속에 있다.

명상할 때 마음에 올바른 내적 환경을 창조하는 것은 필수적이다. 모든 노력과 투쟁은 마음이 광대하지 못하기 때문에 생겨나는 것이다. 마음에 올바른 내적 환경을 창조하는 것은 명상이 충실하게 진행되도록 하기 위한 관건이다. 유머 감각과 광대한 마음이 갖춰질 때 명상은 별다른 노력 없이도 시작할 수 있을 것이다.

나는 특히 "오랫동안 들판에서 힘써 일하고 집으로 돌아와서 벽난로 앞에 놓인 그가 좋아하는 의자에 앉은 한 남자를 상상해보라"라는 구절을 좋아했다. 나와 가족이 살아가기 위해 일상의 책임을 성실히 수행하고 집으로 돌아와 쉬는 시간에 갖는 명상의 시간이 얼마나 만족스러운 휴식과 평온을 제공할지 상상하는 것만으로도 마음이 설레었다.

저녁 무렵이 되면 나는 이 책에서 가르쳐준 대로 명상의 자리에 앉았다. 그렇게 여러 날이 지나자 몸의 긴장을 푼 다음 허리를 곧추세우고 호흡을 가다듬는 것이 명상과 집중에 도움을 주지만 아주 미묘한 단계에서 마음을 풀어놓은 채로 명징하게 집중하는 것과는 차이가 있음을 알게 되었다. 잘 풀어져서 편안한 상태가 되는 것과 널브러지는 것은 다르고, 명료하게 집중된 상태와 긴장된 상태의 차원이 다르다는 것을 가늠할 수 있을 때에야 비로소 명상의 힘을 현재로 가져올 수 있음을 알게 된 것이다. 이 점을 알기 전까지는 몸의 이완이 가져오는 편안함을 명상의 깊은 단계로 오해하곤 했다.

몸의 이완이 치유를 가져오고 힘을 얻게 하는 좋은 수단이 되기도 하지만, 궁극적으로는 이것이 마음으로 이어져 연속성을 가지고 실생활에 적용할 수 있도록 하는 것이 명상을 통해 얻고자 하는 실질적 내용이기 때문에 이완과 집중의 미묘한 단계를 알아차리는 것이 매우 중요하다.

뒤좀 린포체는 또 말했다.

산처럼 조금도 움직이지 않고 확고부동한 위엄을 지니고 앉아보자. 산을 강타하는 바람이 거세고 산 정상을 휘감은 먹구름이 두터울지라도 산은 온전히 자연스럽고 편안하다. 산처럼 앉아 있으면 마음은 떠올라 치솟을 것이다.

이중에서 나는 "산처럼 조금도 움직이지 않고 확고부동한 위엄을 지니고 앉아보자"라는 부분이 마음에 들었다. 허리를 꼿꼿이 세우고 결가부좌를 하는 자세가 습관이 되어버린 나는 명상을 할 때 이렇게 활짝 핀 연꽃 자세로 앉는 걸 좋아하는 편이었다.

그러나 마운트 아부의 영성대학교에서 가르치는 라자요가 명상에서는 몸의 자세를 중요하게 여기지는 않았다. 몸을 무시

하는 것이 아니라 영혼과 의식과 마음이 몸을 이끌어가도록 훈련시키는 것이 더 중요하다고 했다. 결가부좌를 요구하지 않았고 특별한 자세나 동작이나 호흡을 필요로 하지도 않았다. 다만 편안하게 허리를 펴고 앉아 나의 뇌 속 깊은 곳 한가운데 송과체의 자리에 존재하는 비물질적인 생명 에너지의 핵심에 집중하라고 가르쳤다. 나는 책을 보고 혼자서 따라 하던 티베트의 족첸 명상에서 브라마쿠마리스의 라자요가 명상으로 수행 방법을 바꾸었다.

독학을 할 때는 특히 명상이나 영신 수련은 예기치 못한 파동의 혼란으로 위험을 겪을 수도 있다는 것을 알게 되었을 즈음 브라마쿠마리스의 라자요가 명상 센터에서 내가 간절히 원했던 명상 수행의 정규적인 가르침을 받을 수 있게 된 것은 행운이었다. 라자요가 명상은 쉽고 단순했다. 그저 몸을 편안하게 만든 다음 자리에 앉아 생명 에너지의 본질을 의식하고 그 에너지의 빛이 나의 몸과 물질세계로 방사되어 파동을 퍼뜨리는 데 의식을 집중하면 되었다.

라자요가 명상을 오랫동안 해온 시니어들은 생각을 비우거나 버리는 것이 아니라 생각을 보다 고양되게 적극적으로 활용하라고 가르쳐주었다. 인간이 생각을 멈추거나 비우는 것은 불가능하다고 했다. 존재 자체가 생각들로 이루어졌기 때문이다.

오히려 자신에게 필요하고 유익한 생각에 강력하게 집중하라고 권했다. 이때 창조성을 사용하여 이미지화하는 것도 도움이 된다고 했다.

명상의 시간을 따로 내기 어려울 때는 그날의 일과가 끝난 뒤 공간을 정리하고 고요히 홀로 앉았다. 나는 언제 어디서건 홀로 지내는 시간이 절대적으로 필요했다. 홀로 있으면 불완전하고 불안전한 사람 관계에 휩싸여 신변잡기 나누기를 멈추게 되고 내면에 귀 기울이며 마음속에 자리하고 있는 불변의 신과 관계 맺고 대화하는 것이 가능해졌다. 이럴 때 신은 내 마음의 위로자이며 때로는 동반자이고 때로는 관리인, 위탁자, 후견인, 친구, 연인, 부모, 심지어 남편이기도 했다.

다윗 왕이 노래한 〈시편〉과 티베트의 고승 미라레파가 노래한 《십만송》은 내 마음을 고양시키기 좋은 노래들이었다. 나는 종종 이 시편들을 이용하여 내 마음을 고양시키는 데 창조적으로 이용했다.

생각이 얼마나 중요하고 유익한 것인지를 경험하는 것이 라자요가의 핵심이다. 인상, 기억, 성향, 기질, 개성이 자아내는 산스카라sanskara(잠재의식이나 무의식에서 저절로 떠오르는 개성, 기질, 습관 같은 것)를 명령할 수 있는 자, 왕권을 되찾고 왕의 위엄을 지닌 채 감각과 산스카라에 명령을 내리는 자, 그가 바로 라자(왕)이며, 이 의식을 신의 의식과 신의 속성에 연결하는 것이 요가라고 했다. 이에 도달하기 위하여 노력하는 이가 라자요기이며, 이 과정이 라자요가이다. 이 과정을 통하여 모든 카르마로부터 자유로워진 완성의 단계 카르마티트karmateet에 도달하면 몸을 벗어난다고 했다. 그 세계는 영혼의 나라이고 침묵의 나라이며 평화의 나라, 곧 니르바나이다.

나는 신의 사랑에 집중하기를 어느 정도 해야 하는가가 늘 궁금했다. "아르주나여, 날아가는 새의 눈을 화살로 꿰뚫어라." 인도의 고대 경전《바가바드 기타》에서 크리슈나가 아르주나에게 한 말이었다. 과연 날아가는 새의 눈알을 맞힐 수 있을까? 나는 이 물음을 가슴속 깊은 곳에 간직했다. 붓다는 우물가의 여인에게 "네가 길어 올리는 두레박을 움직이는 손끝의 움직임을 하나하나 느끼고 이해하는 것이 수행이니라"라고 말씀하셨다고 한다. 흔들리지 않는 집중만이 핵심으로 가 닿을 수 있다는 뜻일 거라고 나는 받아들였다. 나는 새의 눈알을 맞히는 아르주나처럼, 손가락 하나하나를 느끼는 우물가의 여인처럼 되고 싶었다.

명상은 지혜와 힘을 가져다주었다. 돈을 지불하지 않고도 얻을 수 있는 신의 축복이었다. 이 세상을 잘 살기 위해 나는 명상을 했다. 세상이라는 바다를 건너며 때로 사납게 으르렁거리는 폭풍우를 뚫고 산더미 같은 파도를 넘어 목적지에 도달하는 동안 위험과 고난과 절망과 슬픔과 번뇌를 이겨내기 위해, 그 다음 찾아오는 고요를 얻기 위해 명상을 했다.

오래된 그리움

헬레나 노르베리 호지의 《오래된 미래》를 알게 된 건 이십여 년 전이다. 정기구독을 하던 《녹색평론》에서 소개글을 읽고 구입한 이 책은 꺼칠한 재생 종이에 방금 인쇄한 듯 잉크 냄새가 풍겼다. 책을 읽은 뒤 나는 라다크 사람들의 삶과 풍경에 사로잡혀 잠 못 이루는 밤이 잦아졌다. 그러던 어느 날 새벽에 도착한 신문 광고란에서 라다크 여행 안내를 보게 되었다.

　라다크로 떠나기 전 꿈을 하나 꾸었다. 계곡은 좁고 가팔랐지만 한 사람이 몸을 담그기에 넉넉한 폭이었고 흘러내리는 물이 사납지는 않았다. 나는 평온한 기분이었다. 뭔가 미묘한 느낌이 들어 문득 고개를 들었는데, 바로 코앞에서 수직으로 서 있던 거대한 산이 무너져 내리고 있었다. 신기하게도 굉음 하나 없이 사위는 고요했고 인기척도 없었다. 몸을 피해야겠다는 생각을 하는 찰라 쏟아져 내리던 산사태가 빛 사태로 변했다. 하늘에 닿은 듯 높이를 가늠할 수 없었던 산이 빛으로 뭉실뭉실 무너져 내리면서 계곡으로 쏟아져 흘러들었다. 다시 고개를 물 쪽으로 돌리니 작은 몸집의 여인이 가파르게 흐르는 빛의 물살에 빠진 채 허우적거리고 있었다. 슬로모션으로 재생된 듯 느릿한 몸짓이었다. 나는 그 여인을 구해야겠다는 생각을 하면서 꿈에서 깼다. 꿈속에서 본 이 빛의 산을 실제로 보게 되리라고는 상상도 하지 못했다.

1997년 7월 말 김포공항에는 부산대학교 교수 부부 세 쌍, 당시 인기 드라마였던 〈산〉을 제작한 MBC PD 박복만 씨 내외, 나이 들직한 자매 두 사람, 치과의사 한 명, 그리고 나와 나를 따라나선 후배 한 명, 여행사의 김 과장, 이렇게 열네 명이 모였다. 모두 처음 보는 사람들이었는데 이들 손에는 나와 같이 누런 종이책《오래된 미래》가 들려 있었다.

인도의 델리 공항에 내렸을 때 나는 온몸에 휘감기는 습한 더위와 야릇한 향내 때문에 어지러워서 비틀거렸다. 공항은 지저분하고 낡았으며 화장실에서는 꾀죄죄한 땟물이 흘렀고 지린내가 진동했다.

　스리나가르에서 미니버스를 타고 레로 향하던 중 굴마르그를 거쳐 소남마르그 평원을 지날 때였다. 평원이 끝나자 소나무와 전나무와 히말라야 삼목이 우거진 침목 수림의 서늘한 기운이 뜨거움을 식혀주었다. 나무들은 키가 컸고 아래로는 짙푸른 초원이 끝없이 이어져 있었다. 이국의 장원에는 평화와 고요만이 흘렀다. 커다란 모직 숄로 몸을 감싸는 사이 숲의 적막에 젖어든 버스가 왼쪽 방향 직각으로 몸을 틀었다. 그때였다. 꿈에서 본 그 빛의 산이 한순간 눈앞에 펼쳐졌다. 꿈과 현실이 뒤섞인 채 나는 감전된 듯한 충격으로 온몸에 전율이 일었다.

　"예스. 예스. 그렇게 하겠습니다. 그렇게 하겠습니다. 우주 삼라만상에 삼가 귀의합니다. 우주 삼라만상에 삼가 귀의합니다."

　나도 모르게 가슴속에서 터져 나온 침묵의 소리와 함께 나의 두 눈에서는 눈물이 강물처럼 쏟아졌다. '삼라만상에 귀의합니다'는 가톨릭 신자로 살아오면서 단 한 번도 떠올려본 적이 없는 낯선 만트라였다.

　이때 "아, 무지개다!" 하는 소리가 들렸다. 어느새 버스는 다시 왼쪽으로 방향을 틀었고, 히말라야 산맥으로 접어들면서 산과 산 사이를 잇는 쌍무지개가 나타난 것이었다.

덜컹거리는 작은 차는 이제 라다크의 중심부 레로 들어섰다. 만년설이 녹아내리면서 적셔진 땅에서 농부들이 작물을 거두어들이고 있었다. 간간이 가슴을 편 농부들은 입을 크게 벌리고 웃고 있었다. 기쁨으로 가득 찬 표정이었다. 땅은 차갑고 시린 물로 촉촉하게 적셔져서 사람들과 뭇 생명이 살아가도록 가슴을 활짝 열었고, 사람들은 관개 수로를 만들어 상시로 깨끗한 물을 사용할 수 있었다. 그들은 이웃과 더불어 행복하고 평화롭게 살아가는 데 아무런 부족함이 없는 듯했다. 나는 라다크의 태평한 공기에 동화되어 모든 것을 잊은 채 사람들과 수줍은 미소와 눈길을 주고받았다. 아주 오래전부터 그곳에서 그렇게 살아온 사람처럼 모든 것이 익숙했다. 레로 오는 여행객 누구나 겪는다는 고산증도 없었다. 어둑해진 레의 낡은 거리를 빼빼 마른 들개들이 무리 지어 어슬렁거렸다.

그날 밤 온몸에 휘감기는 나지막한 진언眞言을 들으며 잠에서 깨어났다. 옴 마니 반메훔, 옴 마니 반메훔……. 부산에서부터 동행해온 룸메이트가 다른 침상에 기대 앉아 있는 모습이 어렴풋이 보였다. 꿈결에 들려온 진언은 생생했다. 룸메이트가 말했다. "인도에 오니 기도도 불교식으로 하시나 싶었어요." 그제야 그 소리가 나한테서 나온 것임을 알았다. 잠꼬대였을까. 아무튼 그런 이야기가 오고 간 뒤 다시 몽롱한 잠으로 빠져

들려는 순간이었다.

발끝에서 문득 일어난 진동이 점점 격렬해지며 다리를 타고 올라와 사타구니와 척추를 건드리며 등과 배 가슴을 훑었다. 무서웠다. 원인을 알지 못하는 이 진동이 가슴을 지나 머리를 뚫고 나간다면 다시는 집으로 돌아가지 못하고 히말라야 구천을 떠도는 귀객이 될 것만 같았다. '아, 난 내 딸 솔에게 돌아가야 해'라는 생각이 스치는 순간 온 힘을 다해 두 손을 부여잡고 가슴을 눌렀다. 얼마나 애를 썼을까? 얼마나 시간이 흘렀을까? 다행히도 이상야릇한 진동은 멈추었고 나는 다시 잠에 빠져들었다.

라다크에 머무는 동안 나는 오래된 곰파(사원)들을 찾아다니면서 열심히 기도의 수레바퀴를 돌렸다. 아무도 없는 서늘하고 어둑한 사원 안에 퍼질러 앉아 오래된 기도 냄새를 마음껏 들이마실 때도 있었다.

여행에서 돌아와 얼마 지나지 않아 티베트의 성자인 밀라레파의 《십만송》을 갖게 되었다. 그것은 내가 이제까지 읽어온 모든 경전 중에서 가장 아름다운 노래였다. 이 책을 읽으며 밀라레파를 탐구하기 시작했고, 나의 관심은 예수에게서 밀라레파에게로 옮겨 갔다. 그 이전에도 달라이 라마와 티베트 불교에 관심이 많았다. 티베트의 토착 샤머니즘인 뵌교와 인도의 불교가 만나 독특한 티베트 불교 문화를 이루게 되었는데, 나는 특히 나란다 대학의 승정이었던 나로파와 역경사 마르파, 밀라레파로 이어지는 카규파에 이끌렸다. 아브라함, 모세, 예수, 붓다와 더불어 그 위대한 영혼들의 이야기는 나로 하여금 몸과 물질의 한계를 벗어나 도약하도록 이끌어주었다. 존재에 대한 이해를 삶으로써 보여준 인류 스승들의 자취를 탐색하는 건 참으로 가슴 벅찬 일이었다.

2005년 여름 다시 라다크를 찾았다. 이번에는 단식캠프에 참여했던 회원들이 내가 갔던 순례를 경험해보고 싶다 하여 내가 직접 '인도로 가는 길' 여행사와 공동 기획한 루트였다. 이번에는 지난 여행 때 가지 못했던 라마유르 사원에서 하룻밤 자고 가기로 하였다. 그곳은 티베트 불교의 4대 종파 중 하나인 카규파를 세운 역경사 마르파와 그의 수승한 제자 미라레파가 수행했다는 이야기가 전해오는 오래된 곰파였다. 한창때는 수만 명의 티베트 요가 수행자가 공부했던 강원講院이라고 했다.

아름다운 산이 눈앞에 펼쳐진 절벽 한쪽 끝에 간신히 달려 있는 듯한 라마유르는 낡아서 삐거덕거리는 나무 계단조차도 친근한 느낌으로 다가왔다. 이가 없는 늙은 라마승이 천진한 미소를 띠고 경이 새겨진 마니석 하나를 손에 올려주며 아주 오래전 마르파 스승이 가르치던 시절이 있었다는 이야기를 들려주었다.

다음 날 새벽 일찌감치 잠이 깬 나는 라마유르 사원 뒤 언덕을 향해 걸었다. 가파른 산 중턱 곳곳에 작은 동굴들이 눈에 띄었다. 아직 여명이 밝아오기 전이었다. 어떤 남자가 동굴 앞 작은 마당을 깨끗이 비질한 다음 작은 나뭇가지를 쌓아 불을 지폈다. 곧이어 붉은 법복을 갖추어 입은 네 명의 스님이 나왔다. 얼떨떨하게 서 있는 나를 보더니 원한다면 예불에 참석해도 좋다는 사인을 보냈다.

새벽에 시작된 예불은 길고도 길었다. 스님들은 손에 쥐어진 기도 도구인 작은 마니 바퀴를 끊임없이 돌리면서 경을 외우고 간간이 수인手印으로 예를 표했다. 은으로 조각된 작은 징이 조용히 울려 퍼지는 가운데 염경念經과 수인이 함께하는 티베트 불교 고유의 예불이었다. 신비로우면서도 감정의 울림이나 사유의 파고를 일으키지 않고 천 년 동안 그리 해왔던 것처럼 편안하고 친숙한 느낌을 자아냈다. 나는 가만히 앉아서 이 광경을 지켜보았다.

이윽고 먼동이 트기 시작하자 예불이 잠시 멈추어지고 따끈한 버터차와 방금 화덕에서 구워낸 란이 나왔다. 스님들과 나는 자리에 앉은 채 웃으면서 차와 란을 먹었다. 마운트 아부에서 산 하얀색의 커다란 모직 숄을 보며 한 스님이 말을 걸었다.

"숄이 아름답군요."

짧은 식사가 끝난 후 다시 기도 예불이 시작되었다. 어느 정도 시간이 지났는지 알 수 없었다. 이날의 일은 그 전까지 끊임없이 내 안에서 일어났던 '내가 왜 다시 라다크에 오게 되었을까'라는 의문을 잠재워주었다. 라다크는 나에게 고향 같은 곳이었다.

작별

혜초여행사의 석 대리는 라다크 판공초의 사진을 보여주며 날씨 운이 따라주면 예정에 없었던 그곳에 갈 수 있을 것 같다고 했다. 2011년 7월, 세 번째 라다크 순례 때였다. 레에 도착한 일행들 중 고산증으로 위급한 사람이 셋이나 있어 현지 의사를 대기시키고 하루가 지난 뒤였다. 우리는 해발 5000미터가 넘는 고개를 또 넘어야 하겠지만 하늘이 허락하면 떠나자고 결정했다. 석 대리는 우리가 '하늘호수'로 불리는 판공초에서 세계평화를 위한 명상을 한다면 세계에서 처음 있는 일일 거라며 자기가 더 적극적으로 판공초로의 여행을 추진하였다.

이번 라다크 여행은 '평화가 깃든 밥상' 수업의 살림음식연구소 마스터들을 위한 수학여행이었다. 단식 프로그램을 통해 밥의 위대함을 깨달았으니 산소가 희박한 고산지대를 통과하면서 숨의 위대함을 깨닫는 과정이 남아 있다는 게 나의 주장이었다. 두 번의 라다크 여행을 통해 내가 경험한 것을 말로 할 수 없으니 이들이 통째로 느끼고 깨닫기를 바라는 마음에서 기획한 교과 과정의 하나였다.

이미 많은 경험을 축적한 여행사에서는 노련한 석 대리를 파견시켜주었고, 나는 석 대리와 의논하여 스리나가르를 통해 레로 가는 길 대신 마날리를 거쳐 레로 가는 길을 선택했다. 그 길은 해발 5000미터 이상의 고개를 몇 개 넘어야 하는 제일 험한 육로였다. 우리는 델리에서 국내선 비행기를 타고 쿨루로 간 다음 마날리에서 하루 머문 뒤 지프를 이용해서 레까지 가는 길을 택했다.

갑자기 악화된 날씨 때문에 비행기가 하늘에서 배회하다가 연착하여 쿨루 공항에 도착하게 된 탓에 우리는 우연하게도 다디 장키 일행을 맞닥뜨리게 되었다. 존재 자체만으로도 주변 사람들을 일순에 평화와 침묵으로 이끄는 브라마쿠마리스의 위대한 요기 할머니를 쿨루 공항에서 만나게 되다니! 나의 두 눈에서는 뜨거운 눈물이 쉴 새 없이 흘러내렸다. 다디 장키 일행이 히말라야 깊은 산골 마날리까지 봉사하러 오시다니, 하필 이때에 비행기가 연착하는 사고로 할머니를 뵙게 되다니, 우리에게는 크나큰 행운이었다. 우리 일행은 다디가 주시는 달콤한 톨리(인도 과자)와 다디의 깊은 눈길을 받으면서 마음이 열리고 걱정이 사라져 행복해졌다. 이 일은 석 대리의 마음을 고양시켰고, 그는 우리가 편안한 여행을 하면서 깊은 명상의 시간을 가질 수 있도록 더더욱 마음을 다하여 배려해주게 되었다.

험한 고갯길을 여러 개 넘어 도착한 하늘호수 판공초는 파랗고 고요했다. 우리 일행은 호숫가에 앉아 바스락거리는 소리 하나 내지 않고 세계평화를 위한 깊은 침묵 명상에 빠져들었다. 시간의 흐름조차 잊었다. 침묵 속에서 깨어났을 땐 이미 삼십 분이 지나 있었다. 우리는 서둘러 일어섰다. 판공초에서 멀지 않은 히말라야 산자락에 펼쳐진 커다란 천막이 세찬 바람에 펄럭였고, 천막 안 티베트 난민들의 기도 소리가 바람결을 타고 들려왔다.

레에서 델리로 돌아오는 길은 알치, 라마유르, 카르길, 그리고 스리나가르를 거치는 여정이었다. 그리고 델리의 브라마쿠마리스 리트릿retreat 명상센터에서 마지막 삼 일을 보내기로 했다.

레에서 알치는 멀지 않지만 스쳐 지나가기에는 너무나 아름다운 시골 마을이었다. 나는 알치에서 하룻밤 지내는 것으로 일정을 짰다. 느릿한 여행은 몸과 마음을 이완시켜주고 영혼이 깨어날 수 있도록 도와준다. 특히 대자연 속에서의 여행은 느린 속도가 필수적이다.

인더스 강물이 흐르는 소리에 잠을 깬다는 숙소에서 평소처럼 암릿벨라의 새벽 시간에 깨어나 있었다. 강물이 흐르는 소리 사이로 갑자기 붉은 녹이 잔뜩 슨 커다란 철문이 철거덕 열리는 소리와 함께 쏟아지는 밝은 빛에 나는 잠시 비틀거렸다. "이제 너의 수형 시간이 끝났으니 나가거라"라는 말이 들렸다. 어디에서 들려왔는지 알 수 없었으나 생생하였다. 나는 뭔지 모르게 몸이 가벼워지면서 카르마의 청산이 가까워졌음을 직감하였다. 정신을 차리고 둘러보니 어둑한 강가 창문 앞 의자에 앉아 있던 그 자세 그대로였다. 하지만 나의 마음도 점차 가벼워지면서 감사와 기쁨으로 차올랐다.

다음 날은 라마유르에서 하루를 묵었다. 예전과 달리 불사佛事가 일어나 무너진 사원들이 재건되고 있었고, 젊고 어린 라마승들이 늘어나 있었다. 중국에 티베트를 잃은 달라이라마가 라다크 지역에서 티베트 불교를 부흥시키기 위해 많은 노력을 기울이고 있었던 것이다. 사원 앞에서 마주친 장년의 라마승이 어린 라마승들이 공부하고 있는 강원으로 나를 안내하였다.

이제 짓기 시작한 큰 강원 옆의 보잘것없이 작은 방에 대여섯 살부터 여남은 살쯤 됨직한 스무 명 정도의 소년 라마승들이 각기 큰 소리로 다른 내용의 경전을 외고 있었다. 스승 스님과 낯선 외국인 할머니를 힐끗힐끗 곁눈질하면서도 경전 외우기를 멈추지 않는 소년 라마승들 사이에 철퍼덕 주저앉은 나는 하염없이 눈물을 흘렸다. 그러한 나를 지긋이 바라보기만 하던 선생 스님이 손짓하여 나를 옆방으로 데려갔다. 스님은 코딱지만 한 자신의 방에서 버터차를 끓여 주었다. 버터차를 마시면서 나는 또 한 번 뜨거운 눈물을 쏟았다. 스님과 나는 별다른 말을 주고받지 않은 채 작별을 고했다.

시간이 많이 지났다. 이제 나의 마음속에서는 더 이상 라다크를 향한 향수가 일어나지 않는다. 나의 마음은 안정되었고 여행의 갈망과 영적인 방황은 끝이 났다. 일 년에 한 번 이십여 일간 마운트 아부의 마두반에 다녀오는 것으로 나의 일상이 단단하게 여며졌다.

아름다운 세상이다.

2부

홀로 그득한 밥상

몸과 마음을 살리는 한 그릇 요리

들어가는
말

2018년 나는 만으로 68세가 되었고, 내가 마흔 살에 낳은 딸 솔은 스물여덟이 되었다.

　사십여 년 전 서울에서 공부하던 나는 부산의 친정 엄마에게로 돌아가 엄마와 함께 요리학원을 차렸다. 그날 이후 수시로 요리 선생 일로부터 탈출할 기회를 노렸으나 결국엔 도망치지 못한 채 수십 년의 세월이 훌쩍 지나갔다.

　그 시절의 내 나이가 된 딸과 함께 서울 서대문구 연희동에 '평화가 깃든 밥상'의 부엌 공간 '시옷'을 열고, 그때의 나처럼 딸 솔이 공간을 꾸미고 사업자 신청서를 내고 요리와 관련된 일을 시작하였다. 이 년 반 전의 일이다.

어릴 때 솔은 누군가 "너도 이담에 네 엄마처럼 요리 선생이 되렴" 하고 말을 건네면 "싫어요!" 하던 아이였다. 스무 살 즈음부터는 요리책 촬영을 할 때마다 묵묵히 뒤처리를 돕기는 했으나 자신이 하고 싶은 일과는 거리가 멀다고 느끼는 듯했다.

그러다 오랜 자취 생활 끝에 몸의 밸런스가 깨져 건강이 극히 나빠지자 그야말로 살기 위해 엄마 곁으로 돌아와 엄마가 하는 일을 본격적으로 돕기 시작한 것이 삼 년 반 전의 일이다. 아이는 규칙적인 생활과 올바른 섭생을 하면서 차츰 건강이 회복되었다. 그러면서 요리라는 것이 단순히 맛있는 음식을 만드는 일이 아니라 하늘의 은총과 땅의 자비와 사람의 정성이 필요한 일임을, 그리고 그러한 메커니즘을 통해서야 한 그릇의 밥이 되고 그렇게 만들어진 밥이 자신의 몸을 만든다는 것을 온몸으로 깨닫는 중인 것 같다. 더불어 농부들이 정성을 다해 지은 농산물이 사회의 연결고리가 되고 삶의 문화를 이끌어내는 원동력이 된다는 사실을 좀 더 깊이 생각하게 된 것 같다.

사십 년 전 내가 처음으로 나만의 레시피를 가지고 잡지에 음식 사진과 에세이를 실었듯이, 딸 솔도 지난 사 년여 동안 자신이 경험했던 음식 이야기를 사람들과 나누면 좋겠다는 생각이 들었다. 아마도 요즘 젊은이들의 처지를 대변하는 레시피가 되지 않을까 싶다.

옛날에는 먹을거리가 부족하여 문제였는데, 먹는 것이 오히려 독이 되고 살아가는 그 자체가 스트레스가 된 요즘엔 몸을 해독시키고 마음을 편안하게 해주는 음식이 절실해졌다. 우리나라에서는 아주 오래전부터 몸이 약해지거나 병이 들면 죽을 쑤어 먹었다. 근래에 서구에서는 디톡스 힐링푸드라 하여 곡물 스무디를 내세우는데, 우리는 이미 몇백 년 전부터 수백여 종의 곡물 스무디인 죽을 쑤어 먹어온 것이다.

나는 정화와 보양을 돕는 죽 열 가지를, 딸 솔은 영양의 균형이 잡힌 혼밥요리 열 가지를 소개한다. 재료도 레시피도 각기 다르지만 하나하나가 모두 몸의 피로를 달래고 마음을 따뜻하게 적셔주는 음식이다. 시간도 얼마 안 걸리고 만들기도 쉽다. 조리 과정이 단순해서다. 음식에 대한 나와 딸의 경험이 여러분에게도 도움이 되길 바란다.

몸의 해독과
마음의 휴식을 위한

문성희의
죽 10가지

말린 단호박 들깨죽

채소와 과일은 대부분 수분이 많고 성질이 차서 생으로는 많이 먹을 수 없다. 채식주의자들은 특히 골고루 먹는 데 주의를 기울여야 한다. 잎채소와 뿌리채소, 채소의 줄기 부분을 고르게 먹어야 하고, 씨앗과 껍질이 있는 통곡식을 먹어야 영양의 밸런스를 유지할 수 있다. 땅에서 생산되는 여러 종류의 곡식들을 골고루 먹는 것도 중요하지만, 생채소와 익힌 채소, 말린 채소도 고르게 섭취해야 건강해진다.

어린 시절 우리 집 마당 빨랫줄에는 실에 꿴 무말랭이와 가지와 호박이 새파란 가을 하늘을 배경으로 꼬들꼬들 말라가고 있었다. 먹다 남은 채소는 적당한 크기로 썰어 햇볕에 말렸는데 겨우내 말린 재료들은 나물이나 찜이 되어 상에 올랐다.

햇볕에 말려진 채소는 찬 기운의 수분이 날아가고 햇살의 양기를 듬뿍 받아 따뜻한 성질로 변하면서 미네랄 함량이 높아진다. 특히 햇빛에서만 얻을 수 있는 비타민 D가 생겨나기 때문에 칼슘을 얻는 데 도움이 된다. 요즘 사람들이 우울증에 쉽게 걸리고 자기 통제가 어려운 것은 햇볕을 쐬지 못하여 비타민과 미네랄 섭취가 부족해서이기도 하다.

딸아이 솔도 쫄깃한 식감과 수분이 빠지면서 당도와 향이 높아진 말린 채소의 맛을 최근에야 알게 되었는지 말린 가지와 무와 호박으로 만든 음식을 자주 찾는다. 말린 단호박 들깨죽은 솔이 특히 좋아하는 죽이다. 달착지근하고 고소한 엄마 사랑이 필요할 때 "엄마, 호박 들깨죽 쑤어주세요" 한다.

만드는 법 말린 호박은 씻어서 물에 불린다. 현미를 불려 믹서에 간 뒤 말린 호박과 호박 불린 물을 함께 넣고 푹 끓인다. 죽을 쑬 때는 끓어 넘치기 일쑤라 냄비 뚜껑을 열어놓고 저어주는 게 좋다. 처음에는 센 불에서 시작하여 끓기 시작하면 중간 불로 줄이고, 뜸을 들일 때는 약불이 좋다. 적은 양을 끓일 때는 처음부터 중간 불에서 시작해 약불로 줄인다.

위장을 편하게 다스려주는

밤죽

오래전 이야기이지만 솔이 아기였을 때 이유식으로 밤죽을 자주 쑤어 먹였다. 처음에는 밤을 삶아 불린 쌀과 함께 갈아서 아주 묽고 부드러운 미음을 쑤어 먹였다. 아기가 소화를 잘 시키면 점차 되직하게 죽의 농도를 높여갔고, 아기가 좀 더 단단한 것을 먹을 수 있게 되었을 때는 푹 삶아 으깬 밤을 먹이기도 했다.

아이가 좀 더 자란 뒤엔 작은 칼로 익은 밤의 껍질을 벗겨내 먹였다. 껍질을 벗기는 속도와 아이가 밤을 주워 먹는 속도가 거의 일치하여서 속살을 내민 밤은 좀처럼 그릇에 쌓이지 않았다. 온전하게 동그랗고 예쁜 밤을 먹이고 싶어서 밤이 부스러지지 않도록 조심조심 껍질을 벗겨내려 했지만 여지없이 부스러지곤 했다. 아이가 먹을 음식을 만들 때면 맛도 영양도 그릇도 모양새도 신경 쓰던 젊은 엄마 시절의 이야기이다.

밤을 껍질째 익힌 다음 껍질을 벗기면 밤이 더 맛있다. 폭 익혀서 껍질을 벗긴 밤을 불린 쌀과 함께 갈아 쑨 죽은 어린아이뿐만 아니라 위장이 약해져 소화 흡수가 어려운 어른에게도 좋다. 밤에는 비타민과 무기질이 많고 비장과 위장을 튼튼하게 해주는 성질이 있으며 영양 성분이 골고루 들어 있어서 특히 유아와 회복기 환자에게 좋고, 신경성 위장 장애가 있는 이들은 여러 날 밤죽을 먹으면 효과가 있다.

냉장고 안의 자투리 채소들을 큼직하게 썰어 물을 조금 부어 푹 끓인 다음 밤과 함께 갈아서 물을 조금 넣고 끓이다가 우유나 두유를 좀 보태 넣고 다시 한소끔 끓인 밤 수프도 밤죽 못지않게 속을 편하게 해준다.

만드는 법 삶은 밤 여남은 개의 껍질을 벗겨내어 서너 큰술의 불린 쌀과 함께 블렌더로 갈아서 재료의 네 배쯤 되는 양의 물을 붓고 푹 끓인다.

배추 토마토 생강 녹두죽

명상센터에서 자주 끓이는 맑은 스튜 같은 녹두죽은 언제나 기분을 좋게 해준다. 재료를 들여다보면 넣은 것이라고는 그저 배추나 양배추 정도이고 토마토가 듬뿍 들어갔을 뿐이다. 이 재료들을 받쳐주는 듯하면서 여지없이 자신의 존재감을 드러내는 생강과, 채소들 못지않은 무게로 자리 잡은 녹두가 보태어져서 푹 끓여진 죽이다. 이 죽을 먹으면 세포 깊은 곳에서부터 땀구멍이 열리는 느낌이 들 만큼 몸이 뜨끈해지면서 땀이 송송 난다.

스트레스를 많이 받거나 신경이 예민해지면 먹은 음식물의 소화 흡수도 잘 안 되고 긴장한 세포들이 뭉쳐지면서 기의 흐름을 방해한다. 이럴 때 부드러운 죽을 먹으면 몸 안에서 흡수가 빠르고 해독과 순환을 도와준다. 부드럽고 걸쭉하고 따뜻한 죽은 몸 안의 에너지를 서서히 흐르게 하고 몸의 긴장을 풀어주며 마음도 가라앉힌다. 나는 적두(팥)도 좋아하지만 온화하고 은은한 향이 있는 녹두를 더 좋아해서 익힌 녹두나 싹튼 생녹두를 샐러드에 넣어 먹는 것을 좋아한다. 녹두는 다른 콩들보다 가볍고 조용한 성질을 가지고 있으며 해독 성분이 많다.

　항산화 물질이 듬뿍 들어 있는 배추나 양배추에 잘 익은 토마토가 넉넉하게 들어갈수록 맛이 시원해진다. 느타리나 양송이버섯, 감자나 무를 넣어도 좋다. 다진 생강을 넉넉하게 넣는 것은 필수적이다. 녹두 대신 율무나 귀리를 사용해도 된다. 귀리에는 식이섬유와 미네랄이 많아서 좋고, 율무는 습을 제거해주는 성질이 있어서 몸이 부은 사람에게 좋다. 곡물류는 사용하기 전에 한두 시간 불려두었다가 믹서에 갈아서 채소와 함께 넣어 푹 끓인다. 녹두는 믹서에 갈지 않고 그대로 끓여도 알갱이 씹히는 맛을 느낄 수 있어서 좋다.

만드는 법　녹두는 물에 불려두고 배춧잎의 줄기와 잎을 가늘게 썬다. 토마토는 숭덩숭덩 썰고 버섯은 얇게 썰고 있는 대로 감자나 무를 나박나박 썰어서 모두 함께 냄비에 담고 재료의 서너 배쯤 되는 양의 물을 부어 푹 끓인다. 반쯤 익으면 다진 생강을 적당량 넣고 한소끔 더 끓인다. 식성에 따라 간장이나 소금으로 간을 한다. 소금을 넣지 않아도 채소에 들어 있는 나트륨과 여러 종류의 미네랄이 흘러나와 약간 달착지근하면서 간간하다.

겨울 추위를 이겨내게 하는

뿌리채소 구기자죽

가을이 깊어지면 서리가 내리기 전에 거의 모든 식재료들을 수확한다. 예전에 잎채소는 대부분 말려서 저장하고 뿌리채소는 얼지 않도록 움을 파서 저장하여 겨우내 요긴한 식량으로 삼았다. 비바람과 햇볕을 받아들여 가지를 뻗고 잎을 무성히 키운 다음 꽃피우고 열매 맺도록 지탱해준 뿌리를 거두어 먹는 일은 겨울을 잘 나기 위한 몸 만들기에 꼭 필요하다.

자연은 언제나 때와 이치에 맞게 사람들과 모든 생명체를 돌보아왔다. 자연의 흐름과 법칙을 잘 이해하여 얻게 되는 지혜로 살아가면 질병이라는 부조화를 겪지 않을 수 있으리라고,

나는 늘 생각해왔다. 그리하여 늦가을과 겨울을 지나 새싹 돋는 봄이 올 때까지 지난 가을 들판에서 거두어들인 뿌리채소와 알곡들과 열매들이 겨울 양식이 되었다. 무를 곱게 채 썰어 불려둔 쌀과 함께 뜨거운 솥에 참기름을 두르고 볶다가 구기자와 연근을 함께 블렌더로 간 것을 넣고 폭 끓여낸 뿌리채소죽을 먹으면 속이 든든하고 편안하여서 겨울나기에 그만이다.

구기자는 성질이 차지만 달고 온화하여 매운 성질을 가진 무와 특히 잘 어울리는 열매다. 어떤 형태로 음식에 들어가도 구기자가 지닌 색과 맛과 향과 모양이 음식의 완성도를 높여준다. 나는 작고 갸름하면서도 고상한 붉은색을 지닌 이 열매를 매우 사랑한다. 한방에서는 약성을 지닌 약재를 구분할 때 상시로 먹어도 부작용이 없어 두루 쓰이는 약재를 상약上藥이라 하고, 치료에 극적인 도움을 주지만 독성을 함께 지닌 약재를 하약下藥이라고 하는데, 구기자는 상약으로 분류된다고 한다.

뿌리채소 구기자죽을 아침 식사로 먹으면 하루 종일 속이 든든하고 저녁식사로 먹으면 속을 편안하게 하며, 다이어트와 생활 습관병 치료에도 좋다.

만드는 법 구기자는 물에 불려서 잘게 썬 연근과 함께 믹서에 갈아둔다. 무는 채 썰거나 나박나박 썰어서 불려둔 쌀과 함께 냄비에 넣고 참기름을 떨어뜨려 달달 볶다가 갈아둔 구기자 연근 물을 붓고 저어가며 끓여서 적당한 농도가 되면 불을 끈다. 재료를 볶을 때는 냄비가 뜨거워졌을 때 재료와 기름을 함께 넣고 불을 약간 줄여서 볶으면 타거나 눋는 것을 피할 수 있다.

언제 먹어도 맛있고 영양 만점인

채소팔보 보양죽

밥상을 차리고자 부엌에 들어선 엄마들은 먼저 뭐가 남아 있는 지 재료를 살핀다. 재료에 따라 이렇게 저렇게 변신하여 상에 오른 음식은 우리 엄마만이 낼 수 있는 맛의 비결을 가지고 있 나 싶게 맛있다. 집밥이 식당밥과 다른 것은 늘 같은 재료가 아 니더라도 엄마만이 만들 수 있는, 엄마의 특징이 살아 있는 음 식이기 때문일 것이다.

집에서 채소팔보채를 만들어 먹은 다음 날 보니 팔보채가 조 금 남아 있었다. 맛있기는 할 테지만 다시 데워 먹기에는 어정 쩡한 양이라 팔보채에 생들깨를 조금 갈아 넣고 약초물을 부어

남은 밥과 함께 죽을 쑤었다. 어찌나 맛있든지 '채소팔보 보양 죽'이라는 긴 이름을 새로이 붙이기까지 했다.

완전 채식으로 식사 형태를 바꾸면서 나의 관심은 두 가지로 집중되었다. 어떻게 하면 간단하고 쉽고 빠르게 조리해서 먹을까? 내 손으로 직접 담근 장을 사용하여 어떻게 하면 맛있게 만들어 먹을까? 채소팔보채도 그러한 관심을 배경으로 태어난 요리였다.

채소팔보채는 고기와 해물 대신 여러 종류의 버섯과 채소, 구운 두부에 된장 약간, 간장 조금, 토마토농축액과 조청 약간으로 만든 소스와 생들깻가루를 듬뿍 넣어 걸쭉하게 조리한 찜 같은 음식이다. 중국요리 팔보채의 두반장과 굴소스 양념 대신 집된장과 조청과 토마토퓌레로 걸쭉한 소스를 만들어 밥과 곁들여 덮밥처럼 내기도 한다.

정식으로 채소팔보죽을 쑤기 위해 준비할 재료는 청경채(청경채 대신 배춧잎도 좋다)와 브로콜리, 황금송이버섯, 표고버섯, 느타리버섯 정도다. 양념은 역시 된장, 간장, 토마토농축액, 생들깻가루이며, 요리 전체의 식감을 부드럽게 잡아주고 촉촉한 느낌을 주는 찹쌀도 잘 어울린다.

만드는 법 찹쌀 한 컵 정도를 물에 불렸다가 작은 절구에 찧는다. 배추나 청경채를 대충 채 썰고 브로콜리나 당근, 버섯, 두부 등을 가늘게 썰어 찹쌀과 함께 냄비에 넣고 물을 부어 폭 끓인다. 중간에 토마토농축액이나 대추토마토를 잘게 썰어 넣고 된장 약간, 간장 약간 넣고 푹 끓여서 생들깻가루를 듬뿍 넣는다.

여름 더위를 이겨내게 하는

강황 호박 귀리죽

내가 인도에 갔을 때는 대부분 2월이나 3월이었다. 이즈음의 인도 서북부 지방 라자스탄의 한낮은 우리나라의 여름처럼 덥다. 인도의 뜨겁고 습한 기운을 이겨나갈 수 있는 것은 여러 종류의 향신료 덕분이다. 이 향신료들은 강력한 디톡스 성분을 지니고 있어서 주로 더운 지방에서 애용된다. 그중에서도 강황과 회향은 인도의 모든 음식에 널리 쓰인다.

항암 성분이 많은 강황은 요즘엔 우리나라에서도 재배하는 농가가 많아졌고, 회향은 '산미나리'라고도 부르는 풀의 씨앗인데 우리나라에서도 아주 오래전부터 식용해온 듯하다. 조선시대 선비로서 요리책《정조지》를 쓴 풍석 서유구 선생의 음식 레시피를 보면 거의 모든 음식에 양념으로 회향이 사용되었음을 알 수 있다. 서양에서는 펜넬fennel로 불리고 우리나라에서는 회향으로 불린다.

여름이 되면 더위를 이겨내는 보양식으로 닭죽을 많이 먹는데 닭죽 못지않은 맛과 영양을 가진 강황 호박 귀리죽은 더위에 지쳐 기운이 없을 때, 배탈이 나서 입맛을 잃었을 때 해독과 함께 소화를 돕고 기운을 더해준다. 강황과 회향의 향은 우리나라 사람에게는 낯선 향이어서 좋아하는 사람과 그렇지 않은 사람이 갈리는데, 먹고 나서 속이 편한 것을 경험하고 나면 대부분 좋아하게 된다.

호박은 밭에서 갓 딴 조선호박이면 더 달큰하고 맛있겠지만 마트에서 산 애호박으로 대신해도 된다. 호박과 함께 거두어들이기 시작하는 하지감자도 섞어 넣고 당근도 곁들여 죽을 쑨다. 귀리는 섬유질이 많기 때문에 서너 시간 물에 불린 다음 블렌더로 거칠게 갈아두었다가 다진 호박, 감자, 당근과 함께 끓인다. 죽이 반쯤 익었을 때 강황 가루와 회향 가루를 넣어 푹 끓이고 뜸을 들인다.

〜〜〜〜〜〜〜〜〜〜〜〜〜〜〜〜〜〜〜〜〜〜〜〜〜〜〜〜〜〜

만드는 법 귀리나 보리, 그리고 같은 양의 현미나 오분도미를 서너 시간 물에 불려 믹서로 갈아둔다. 잘게 다진 애호박, 당근, 감자와 함께 냄비에 넣고 물을 부어 푹 끓인다. 죽이 반쯤 익었을 때 강황 가루와 회향 가루를 넣는다. 회향은 펜넬이라는 이름으로 허브 가게에서 파는데, 가루가 아닌 씨앗일 때는 다른 재료와 함께 처음부터 넣고 끓인다.

우울하고 피곤할 때는

대추죽

머리를 많이 써서 에너지가 달릴 때나 울적할 때는 뭔가 달콤한 음식이 먹고 싶어진다. 이럴 때 한 그릇의 달콤한 대추죽은 그런 기분을 충분히 달래준다. "대추를 삶아 씨를 빼고 현미와 잘 섞어 햇볕에 꾸덕꾸덕하게 말린 다음 가루를 내어두었다가 필요할 때 꺼내어 죽을 쑨다. 현미 대신 기장이나 수수를 사용할 수도 있다"라고 조선시대의 요리책 《정조지》에도 소개되어 있다.

하지만 그렇게 준비에 손이 많이 가게 되면 자주 만들어 먹기가 어려울 뿐만 아니라 엄두를 내기조차 어렵다. 그래서 보다 간단하게 대추죽을 쑤어보았다. 먼저 대추에 물을 붓고 삶아서 식힌 다음 주물러서 씨를 빼고 씨 뺀 대추와 수수를 함께 넣고 블렌더로 갈아 물을 붓고 죽을 쑤었더니 쉽고 맛있게 대추죽이 만들어졌다. 대추를 듬뿍 넣고 약불에서 충분히 달여주면 맛과 향의 깊이를 더해주고 지친 몸과 마음을 빨리 회복시켜준다.

대추를 좋아하고 대추죽을 자주 끓이게 된다면, 대추를 삶아 씨를 뺀 다음 두 배 정도의 물을 부어 약불에 푹 달여서 걸쭉해지면 냉장 보관하여 필요할 때마다 꺼내어 먹으면 된다. 일주일 정도 보관이 가능하고 더 오래 두려면 냉동 보관하는 것이 좋다. 이렇게 대추고를 만들어두면 대추죽뿐 아니라 설탕 대신 단맛을 내는 감미료로도 사용할 수 있어서 좋다.

대추죽을 쑤려면 현미나 수수를 물에 불려 블렌더로 갈아서 준비해둔 대추퓌레를 기호에 따라 적당량을 넣고 끓이면 된다. 수수나 현미를 대추에 넣을 때 양을 적게 하여 농도를 연하게 하면 대추차가 되고, 곡물의 양을 늘려 좀 더 걸쭉하게 만들면 죽이 된다.

만드는 법 알이 굵은 대추를 잘 씻어서 물을 부어 푹 삶아 식힌 뒤 손으로 주물러 씨를 빼둔다. 수수나 현미를 서너 시간 물에 충분히 불려 씨를 빼둔 대추와 함께 믹서에 갈아 재료의 네 배쯤 되는 양의 물을 붓고 푹 끓인다. 대추와 곡물의 양이 비슷하면 달착지근하고 대추 향이 좋다.

몸이 아플 때 제일 먼저 생각나는

잣죽

다른 나라에도 잣이 있는지는 모르겠지만, 우리나라의 고급 음식에는 향긋한 잣이 주인공으로 또는 고명으로 오래전부터 쓰였다. 내가 몸이 아파 음식을 제대로 먹지 못할 때 엄마는 잣죽을 쑤어주셨다. 고소하고 향긋한 잣죽이 입안에 머무는 동안 이미 몸은 반쯤 나은 것 같았다. 호호 불어가며 떠먹는 잣죽의 온기가 몸을 덥히는 동안 몸이 개운해지고 힘이 생겼다. 일이 년에 한 번씩 으레 찾아오는 몸살 끝에 먹는 회복식이랄까?

밥은 전기밥솥이 잘해주지만 죽을 맛있게 제대로 잘 쑤기란 여간 어려운 일이 아니다. 재료에 물을 부어 푹 끓이면 죽이 될 것 같지만 부드러우면서도 낱알이 살아 있는 쫀득한 느낌을 살려내지 못한 미끌미끌한 죽은 차라리 풀이라고 하는 것이 낫다. 서로 비슷하게 생긴 풀과 죽 사이에는 엄청난 간극이 존재한다.

죽 중에서도 잣죽을 제대로 잘 쑤기란 쉽지 않다. 죽을 쑬 때 처음부터 잣을 쌀과 함께 넣고 쑤었다간 죽이 아니라 묽디묽은 수프처럼 되기 일쑤다. 잣의 지방 성분이 쌀의 전분을 삭여버리기 때문이다.

잣죽을 죽답게 쑤려면 잘게 다지거나 곱게 간 잣을 쌀죽이 완성된 다음 먹기 직전에 넣어야 한다. 나는 예전에 잣죽이 삭아 내려 몇 번이나 실패한 끝에 이 단순한 요점을 파악하게 되었다. 그래도 여전히 잣죽 쑤기는 만만찮다고 여긴다.

잣죽은 주로 백미를 으깨어 죽을 쑨 다음 잣을 나중에 넣는데, 요즘은 귀리를 갈아서 잣죽을 쑤기도 한다. 귀리의 고소한 맛은 잣의 고소한 향과 잘 어울린다. 귀리는 섬유질이 많아 충분히 불린 다음에 믹서로 갈아 쓰는 게 좋은데, 백미는 절대로 믹서로 갈면 안 된다. 백미는 섬유질이 없기 때문에 작은 절구에서 찧어야 전분의 조직이 흘러내리지 않고 탄력을 유지하기 때문이다. 작은 도기 절구는 일반 마트에서 쉽게 싼값으로 구입할 수 있다. 믹서나 분쇄기에서 간 백미로 죽을 쑤면 맛과 기운이 죽어버린 풀죽이 되기 십상이다.

귀리는 섬유질이 많아 엉기는 힘이 약하기 때문에 쌀을 3분의 1 정도 보태는 것이 죽을 잘 엉기도록 도와준다.

만드는 법 쌀은 10분 정도 불려서 절구에 찧어 네 배의 물을 붓고 저어가며 끓인다. 불은 중간불이나 약불이 좋다. 죽이 완성될 무렵 갈아둔 잣을 넣고 한소끔 끓인다.

몸과 마음을 가볍게 만드는

도토리 옥수수죽

몇 년 전의 일이다. 선사유적지가 있는 암사동 강동구에서 선사문화축제를 열면서 나에게 선사시대의 음식을 재현하는 세리머니를 해달라는 요청이 있었다.

그 옛날 햇볕 쏟아지는 강가에 모여 살았던 석기시대 사람들의 유물에서 탄화된 도토리가 출토되었다는 이야기를 듣고는 그 시절 도토리로 음식을 만들었다면 거칠게 빻은 도토리 가루에 물을 붓고 죽을 쑤어 먹지 않았을까, 싶었다. 어쩌면 선사시대에는 음식과 불을 다루는 사람이 제사장이었을지도 모른다.

나는 유적지 한쪽에 불을 지피는 화덕을 놓고 도토리죽을 되직하게 쑤어서 나누어 먹는 제례의식을 해보고 싶었다. 죽을 담는 그릇이 요즘 사용하는 그릇이라면 재미가 없을 것 같아 궁리를 한 끝에 플라타너스 잎을 쪄 말려서 그릇 대용으로 쓰기로 하였다. 축제에 온 사람들은 누구나 원하면 도토리죽을 맛볼 수 있도록 커다란 가마솥을 두 개 걸어놓고 불을 지펴서 죽을 쑤면 될 것이었다. 하지만 요즘 사람들이 쌉싸래하고 떫떠름한 도토리죽을 무슨 맛으로 먹겠는가. 양념 맛으로 먹는 묵도 아닌데. 그래서 옥수수 가루를 섞어 죽을 쑤었다. 맛은 아주 좋았다.

도토리에는 해독 성분이 있다고 알려져 있으며 구황 작물로도 널리 활용되던 약용 식품이다. 요즘은 농가에서 채취하여 빻아 가루로 만든 도토리 가루와 옥수수 가루를 구하기 쉽다. 생협 식품 매장에 가면 온갖 곡식의 가루를 구할 수 있다.

아침 식사를 거르기 쉬운 직장인들은 이 가루들을 구입해 물에 풀어 끓이면 5분에서 10분 사이에 죽을 쑬 수 있다. 묽게 쑤어 소금으로 심심하게 간을 하면 수프처럼 먹을 수도 있다.

도토리 옥수수죽은 면역력을 높여주고 해독에 도움을 주며 다이어트도 되고 고소하며 향기롭기까지 하다.

만드는 법 도토리 1 : 옥수수 가루 2 : 현미 가루 2의 배합으로 섞어 약 열두 배 정도의 물을 붓고 저어가며 끓인다.

몸살감기에 좋은

생강죽

생강은 몸을 따뜻하게 해주고 몸 안의 혈행을 돕고 맺힌 곳을 뚫어준다고 하여 한약재로 즐겨 쓰이는 부재료인 것은 누구나 알고 있다.

찬바람이 불기 시작하면 생강을 다져서 꿀에 재워 생강차를 만들고 모과, 대추, 생강을 섞어 꿀에 재워두고 겨우내 향긋한 모과대추생강차를 즐긴다.

솔이 어릴 때부터 감기 기운이 드는 듯하면 콩나물에 생강과 배와 꿀을 듬뿍 넣고 중탕한 콩나물생강즙을 먹였다. 아이를 모포로 감싸서 의자에 앉힌 다음 이마에 땀이 송송 솟을 때까

지 뜨거운 물에 발을 담그게 하고 중탕한 콩나물생강즙을 마시게 하면 웬만한 감기는 떨어져 나갔다.

몸이 차면 소화도 잘 안 되고 긴장과 스트레스에 더 예민해진다. 냉기가 흐르면 움츠러들고 따뜻해지면 이완되는 것이 생명의 이치다. 요즘엔 먹는 음식도 찬 것이 많고 여름에도 몸을 차게 하여 병에 걸릴 정도로 냉기에 노출되어서 여러 질병에 시달리게 된다. 모든 병의 원인은 몸과 장부가 차가운 데에 일차적 원인이 있으리라고 본다.

위장에서 소화된 음식의 영양 성분이 장에 다다르면 여러 미생물과 화합하여 잘 발효된 뒤 이로운 미생물로 새로이 전환되어 온몸으로 공급되어야 하는데, 장부가 따뜻하지 않으면 미생물의 발효 활동이 원만하지 않게 된다. 과민성 대장염 같은 질병은 장부의 온도와 관계가 있다.

생강은 몸을 따뜻하게 해주고 막힌 것을 뚫어주는 성분과 에너지가 있으므로 가까이 두고 먹는 것이 좋다. 생강을 갈아서 쌀과 함께 끓인 생강죽은 몸과 장부를 따뜻하게 만들어주는 좋은 해독식이다.

만드는 법 붉은색의 적미와 백미를 동량으로 섞어 물에 불렸다가 다섯 배 정도의 물을 붓고 믹서로 갈아서 다진 생강을 듬뿍 넣고 저어가면서 푹 끓인다. 식성에 따라 꿀을 곁들여도 좋다.

2

오감을 깨우고
영양도 풍부한

김솔의
혼밥요리 10가지

옹기종기 둘러앉아 먹으면 좋을

꾸스꾸스

꾸스꾸스는 듀럼durum 밀에 수분을 주면서 딱딱한 알갱이가 될 때까지 체에 내려 만드는 것이 정통적인 제조법이다. 옛날 북아프리카 베르베르인들이 먹던 것은 그렇게 만들어졌고, 현재도 작은 마을들에서는 이 수고로운 방식을 유지하고 있다(관광객들이 주 고객인 도심에서는 인스턴트 파스타를 주로 사용한다). 고운 밀가루가 좁쌀 같은 알갱이로 변하기까지는 어마어마한 수공이 들기에 결혼식 같은 마을의 경사가 있을 때나 귀한 손님에게 대접하기 위한 음식인 것이다.

나는 이 음식을 신경아 선생님과 아프리카 여행기의 행사

를 준비하며 본격적으로 맛보게 되었는데, 가보지도 않은 지구본 정반대 나라의 음식을 따라 하기까지 적잖은 시간이 걸렸다. 신경아 선생님은 〈우리의 소리를 찾아서〉의 최상일 피디님과 함께 세계를 돌며 민속음악을 수집하신다. 당시 두 분은 아프리카에서 돌아오신 지 얼마 되지 않았던 터라 서북아프리카의 집 요리 이야기를 생생하게 전해들을 수 있었다. 그중 신경아 선생님의 "사막의 모래알같이 알알이 흩어지게"라는 주문이 가장 기억에 남는다. 그 식감을 내기 위해서는 불린 꾸스꾸스를 손으로 잘 비벼 흩어지게 해주는 과정이 필수이다.

사막의 모래알같이 꾸스꾸스를 펼쳐놓고 그 중앙에 채소와 병아리콩 등을 놓아 플레이팅한다. 신기하게도 이 요리를 만들 때마다 아프리카 음악처럼 신나는 리듬감이 생긴다. 이 음식만큼은 옹기종기 둘러앉아 먹었으면 좋겠다. 푹 익은 채소와 꾸스꾸스의 부드럽고 따뜻한 여운이 더 진하게 남을 것이다.

만드는 법 채수 1.5컵에 소금을 넣어 끓여 불을 끈 다음. 꾸스꾸스 1컵과 올리브유 1큰술을 넣어 5분간 익혀 포크와 손으로 비벼준다. 이때 채수에 팔각, 정향, 후추, 시나몬 등의 향신료를 넣으면 더욱 향기롭다. 적양파는 얇게 썰어 올리브유에 먼저 볶아 단 향이 올라오면 당근, 호박, 감자, 고구마, 무 등의 채소들을 채수와 함께 익는 순서대로 넣어가며 끓이는데, 이때 이탈리안 파슬리나 고수를 넣은 뒤 완성 직전 건진다. 다진 생강 1큰술, 큐민가루 3작은술, 파프리카 가루 2작은술, 강황가루 1.5작은술, 후춧가루 약간과 홀토마토 등으로 양념하고 간장으로 간한다.

의외의 감칠맛이 나는

미나리 양념과 팽이현미밥

나는 적지 않은 시간 동안 혼자 살았다. 자취하면서 매번 끼니를 챙겨 먹는 게 가장 어려웠는데, 장보기와 남은 재료 처리가 가장 고난이도의 살림 기술이었다. 어떻게 하면 혼자서도 제대로 된 밥을 먹을 수 있을까 고민했지만, 정작 먹지 못해 버리는 반찬과 냉장고에서 얼어가고 죽어가는 재료들 사이에서 죄책감만을 느끼기 일쑤였다. 자취 생활이 길어지면서 조금 나아지기는 했지만 혼자 '쌀밥'을 해 먹기는 손에 꼽을 정도였다. 혼자서 밑반찬 여러 개를 두고 먹는 것도 어려웠고, 무엇보다 간단한 국수나 파스타가 재료의 손실이 적었기 때문이다.

이 미나리 양념은 미나리 한 단으로 양념장을 만들어 냉장고에 두면 오랜 시간 질리지 않고 먹을 수 있어서 나와 같은 친구들에게 알려주고 싶은 레시피이다. 쫑쫑 썬 미나리와 조선간장, 생들깨, 생들기름과 약간의 식초의 궁합에서 의외의 감칠맛과 식감이 나오기 때문에 미나리라는 식재료가 어려운 사람에게도 한 번쯤 먹어보길 권하고 싶다. 이때 생들기름은 넉넉히 두를 것. 그냥 밥을 지어도 충분히 맛있지만 팽이버섯을 쫑쫑 썰어서 소금에 살짝 절여 넣으면 감칠맛이 더욱 깊어지고 맛도 촉촉해진다. 만들어둔 양념장은 비빔국수를 해먹어도 맛있다.

만드는 법 미나리는 반 줌 정도 준비해 잎은 떼어 손질하고 줄기는 쫑쫑 썬다. 준비한 미나리에 생들깨 8큰술, 조선간장과 식초 4큰술씩, 생들기름 2큰술을 섞어 양념장을 만든다. 겨울철에는 식초 양을 조금 줄이면 고소하게 즐길 수 있다.

한여름 점심을 2도쯤 식혀주는

가지 냉국수

나는 편식이 심한 편은 아니었다. 모험심은 없었지만 선입견 또한 없어서 지금보다도 음식을 가리지 않았다. 그래도 유독 싫어했던 두 가지 채소를 꼽으라면 가지와 고사리일 것이다. 고사리는 냄비에서 끓을 때의 그 비릿한 향을 참기가 어려웠고, 나에게 가지는 물컹한 식감과 밍밍한 맛의 괴상한 채소였다. 짙고 깊은 보라색의 동그랗게 길쭉한 모양새는 가지의 맛보다도 낯설었기에 그것이 맛있어지리라고는 상상해본 적이 없다.

가지 거부 증세는 엄마의 요리 수업을 돕기 시작했던 때조차도 여전했는데, 그해 처음 여름날의 수업 때 가지냉국을 맛보게 되었다. 얼른 먹어치운다는 기분으로 첫 숟갈을 뜰 때, 그 가지는 내가 알던 가지가 아니었다. 물컹하지도 비리지도 않았고, 은은하고 고소한 단맛과 싱그러운 향으로 가득했다. 그 전까지는 식당에서 나오는 비주얼의 물컹한 가지나물이 가지 경험의 전부였던가 보다. 살아 있는 식감의 가지냉국으로 나는 가지를 사랑하게 되었고, 그 후로는 온갖 가지 요리들을 두려워하지 않게 되었다. 비록 열매 맺지 못했지만 가지 씨앗을 구해 상자 텃밭에 심어보기도 했다.

어린 가지를 길게 잘라 껍질이 아래로 가도록 놓고 살짝 찐다. 찐 가지를 한 김 식힌 뒤 참기름, 간장, 식초, 참깨와 함께 손끝으로 버무린 뒤 냉채수를 부어 먹는 초간단 레시피다. 이 단순한 요리의 포인트는 초여름의 은근한 향이 싱그러운 물 많은 어린 가지를, 식감이 남아 있되 아리지는 않도록 살짝만 찌는 것이다. 올해도 몇 번의 차가운 가지냉국이 여름을 무사히 나도록 도와주었다.

～～～～～～～～～～～～～～～～～～～～～～～～～～～～～～～～

재료 작은 가지 3개, 대추방울토마토 6개, 다진 실파 2큰술, 집간장 4큰술, 식초 2큰술, 참깨 살짝 간 것 1/2큰술, 참기름 1작은술, 차가운 약초맛물 4컵, 통밀국수 2인분.

만드는 법 가지는 세로로 2등분하고 대추방울토마토는 반으로 자른다. 김이 오른 찜솥에 가지를 껍질이 아래를 보도록 놓아 2〜3분간 찐 다음 꺼내어 식혀 먹기 좋게 세로로 찢는다. 가지에 간장(1큰술), 참기름, 참깨를 넣어 버무린다. 차가운 약초맛물에 간장 3큰술, 식초 2큰술로 양념한다. 통밀국수를 삶아 찬물에 여러 번 헹궈 쫄깃하게 만든 뒤 그릇에 국수─가지─토마토─약초맛물─다진 실파 순으로 담아 완성한다.

바바 가누쉬와 슬라따 무슈위야

가지를 여름 동안 볶고 찌고, 매운 양념으로 굽고, 말리는 등 갖은 방법으로 즐기는데, 그러다가 갑작스레 쌀쌀한 가을로 접어들면 가지도 껍질 옷이 두꺼워지고 수분도 적어진다. 바바 가누쉬는 중동 지역의 음식으로 태우듯 구워 만드는 가지 요리다. 가지의 껍질을 완전히 태워 벗겨낸 뒤 속살을 으깨거나 갈아 만든 스프레드 형태의 음식인데, 스모키한 향과 공기처럼 부드러운 식감이 별미다. 중동의 가지는 한국의 가지보다 수분이 적기 때문에, 한여름의 물 많고 촉촉한 가지보다 쫄깃해진 끝물 가지로 만들면 좋다.

태우지 않고 구워 껍질째 갈아 만들기도 하는데, 껍질에 농축된 달큰, 시큼, 톱톱, 구수한 향이 더해져 풍미가 진해진다. 타히니 대신 흑임자를 갈아 넣기도 하는데 나는 이때 나오는 깊은 색감을 좋아한다. 지난 가을에는 '마르셰'에서 길쭉하게 마른 끝물 가지를 한아름 사서 바바 가누쉬를 만들었더니 소금과 올리브유, 후추만으로도 가지의 풍부한 맛이 느껴졌다. 비슷한 방법으로 비트와 애호박을 스프레드로 만들어도 좋다.

북아프리카 지역에서는 샐러드를 빵에 찍어 먹기 위해서 아주 곱게 다져낸다. 슬라따 무슈위야는 일종의 구운 샐러드이다. 토마토와 고추, 마늘 등을 구워서 딥소스의 형태에 가깝게 다져 먹는데, 구운 토마토와 고추의 새콤한 풍미로 인해 마약처럼 계속 들어가는 음식이다.

바바 가누쉬 만드는 법 가지는 깨끗이 씻어 물기를 닦아 통째로 준비하고 껍질에는 올리브유를 발라둔다. 230도로 달궈진 오븐에 20~25분간 굽는다. 중간에 한 번 앞뒤를 뒤집어준다. 가지 껍질이 손으로도 순순히 벗겨질 정도로 익으면 꺼내어 식힌 뒤 껍질을 깐다. 껍질을 까기 전 직화로 껍질을 태우면 스모키한 풍미가 더해진다. 가지 속살에 소금, 레몬즙 조금, 올리브유를 듬뿍 넣어 으깨거나 갈아 완성한다.

슬라따 무슈위야 만드는 법 대추방울토마토와 고추는 가지와 같이 껍질에 올리브유를 발라둔다. 마늘은 호일에 올리브유와 함께 감싸둔다. 200도로 달궈진 오븐에 준비한 재료를 넣어 15~20분간 굽는다. 구워진 모든 재료들은 칼로 잘게 다져 소금으로 간하고 올리브유를 둘러 완성한다.

강렬하면서도 그윽한 야생의 향을 내뿜는

당귀 사과 치즈 샐러드

몇 해 전 엄마가 살던 시골집에는 아주 작은 텃밭이 딸려 있었다. 작지만 두어 사람이 먹을 푸성귀는 충분히 나올 만한 크기의 밭이었다. 잡초와 작물이 구별하기 어렵게 무성해서 '텃밭'보다는 관리 안 된 '풀밭' 같았지만. 그렇게 제멋대로 자라도록 내버려두었기에 온갖 채소들이 마음껏 다양하게 자랐는지도 모른다.

간혹 서울에서 집으로 내려가면 엄마는 월계수 잎만 한 크기의 깻잎과 웃자란 상추, 달고 매운 고추, 산딸기 같은 열매 과일 등을 섞어서 샐러드를 해주시곤 했다. 한약 냄새가 나는 풀

을 뜯어 거기에 더하기도 했는데 방치되어 자라 그런지 엄청난 향을 내뿜는 깻잎과 허브들 사이에서도 그 풀은 유독 야생적으로 강한 향을 뿜었다. 엄마는 십수 차례 나에게 이게 당귀라고 알려주셨는데 몇 해가 지난 후에야 시장에서 다른 푸성귀와 섞여 있는 당귀를 알아볼 수 있었다.

약재로 쓰이는 당귀 뿌리 향도 좋아하지만 어딘가에 슬쩍 들어가 섞인 당귀 잎도 좋아한다. 당귀의 씁쓰레하고 그윽한 향은 먹는 나까지 고상해질 것 같다. 마당이 있다면, 만리향도 좋겠지만 당귀를 듬뿍 심고 싶다. 엄마는 매번 하우스 재배 당귀는 진짜가 아니라 하시지만, 노지가 아니라 하우스에서 나온 당귀 잎도 여전히 존재감은 강하다.

그래서 부드러운 맛, 고소한 맛의 재료를 곁들이는 게 좋기에 치즈나 호두 등의 신선한 견과류를 얹는다. 드레싱은 최대한 맑은 것이 좋을 것 같았다. 또한 당귀의 성질은 온화해서 혈액 생성을 도와 빈혈과 혈액 순환에도 좋고, 따라서 여성의 몸에 더없이 좋다. 가끔은 여러 가지 초재가 섞인 약초맛물 대신 당귀 뿌리 두어 개, 감초 하나를 넣어 순하게 끓인 찻물이 당긴다.

만드는 법 당귀 서너 줄기와 버터 헤드 레튜스나 로메인처럼 부드러운 잎채소는 깨끗이 씻어 먹기 좋은 크기로 자른다. 화이트발사믹식초와 올리브유, 소금을 섞어 드레싱을 만들어 버무리고 먹기 좋은 크기로 썰어둔 베이비고다치즈(혹은 생모차렐라같이 부드러운 맛의 치즈면 좋다)를 올려 완성한다.

밀가루 음식을 먹고 싶을 때는

글루텐 프리의 참마 도우 피자

고슬고슬하게 지어 꼭꼭 씹어 먹는 현미밥도, 찰진 햇백미밥도 맛있지만, 그와 견주어도 아쉽지 않을 만큼 밀가루 음식을 좋아한다. 나와 같은 사람이라면 빵과 면이 없는 세상을 상상하기 어려울 것이다. 불행인지 다행인지 대부분의 한국인처럼 밀가루 음식의 소화가 수월하지 않아서 의식적으로 가려 먹는다. 본인이 강인한 소화력을 가졌다고 믿어왔더라도 밀가루 음식, 그것도 껍질과 씨눈의 영양을 발라내버린 하얀 밀의 국수나 발효하지 않은 빵을 지속적으로 먹다 보면 어느새 무력해진 위장을 몸으로 느낄 것이다. 그럴 때 필요한 간식을 소개하고 싶다.

밀가루가 들어가지 않아 글루텐을 걱정할 필요가 없고 몇 가지 채소와 소량의 치즈로 충분한 맛을 내는 참마 피자이다. 참마는 생으로 갈아 약 먹듯 마시는 것이라는 선입견을 가지고 있을 수도 있지만, 슬라이스해 샐러드로도 먹어보고, 갈아서 전처럼 굽거나 익혀 먹어보자. 온도와 형태에 따라 식감이 달라져 참마 자체로도 꽤 매력적이고 맛있는 식재료라는 생각이 들 것이다.

호불호가 갈리는 참마의 끈적한 '뮤신'이라는 점액질은 위벽을 보호해주고 소화를 도와주고 위산 과다에도 도움이 된다. 참마를 갈면 끈적함이 배가 되는데 이 성질 때문에 소량의 현미가루만 더하면 전이나 도우로 쓰기 충분한 농도가 된다.

만드는 법 참마를 갈아서 부드럽게 만들어 도우 대용으로 쓰기도 하고, 숭덩숭덩 대강 잘라 물과 현미가루를 섞어 20분간 놔두어도 반죽의 농도가 맞춰진다. 팬에 마 반죽을 살짝 구운 뒤 단호박과 파프리카, 피클이나 장김치, 소량의 체다치즈를 먹기 좋게 썰어 올려 토스터나 오븐에 그릴링하여 완성한다.

엄마의 손맛처럼 푸근한

뿌리채소 간장밥

시장에 끝부분이 마르지 않은 촉촉한 우엉이나 연근이 나올 때면 엄마의 뿌리채소 간장밥이 가장 먼저 생각난다. 나의 방식이 손이 살짝 더 가는데, 숭덩숭덩하게 대강 썰고 볶아 만든 엄마의 그 맛을 따라갈 수 없다. 내가 '이 음식'에게서 기대하는 것은 '그 맛'인 것이다. 연근이 연근인지, 우엉은 우엉이 맞는지 알아볼 수 없지만 그렇게 썰었을 때 재료의 맛과 식감이 더 어우러지기도 하는 것 같다. 같은 재료와 양념이지만 누가 만드는지에 따라 맛이 달라지는 건, 오랜 시간의 경험과 그 여유에서 나오는 자연스러운 손맛 때문인 것 같다.

제철의 우엉은 심지가 마르지 않은 데다 꽉 차 있고 향이 넘쳐서 얇게 썰어 샐러드로 먹어도 맛있다. 호불호가 갈릴 수 있는 생우엉 특유의 흙 내음과 까끌까끌한 식감을 참 좋아한다. 연근, 당근과 함께 기름에 달달 볶아 간장을 더하면 그 향이 푸근한 감칠맛으로 변한다. 밥을 안칠 때 톳이나 버섯 등을 더해도 좋다. 뜸들이기 전, 간장에 볶은 뿌리채소를 넣어 섞어주면 영양가 높은 한 그릇 밥이 된다. 영양과 맛이 담긴 한 그릇 밥을 몇 가지 알아두면 혼자서도 간단히, 또 제대로 챙겨 먹을 수 있지 않을까? 시간이 지나면서 향과 맛, 간이 밥에 배어들기 때문에 한 그릇 도시락으로도 손색이 없을 것이다.

만드는 법 우엉과 당근은 세워서 연필 깎듯 먹기 좋은 크기로 깎아두고, 연근은 얇게 슬라이스한다. 백만송이버섯은 하나씩 떼어 준비하고 깻잎은 얇게 채 친다. 우엉과 연근은 찬물에 잠시 담갔다 건져둔다. 우엉, 당근, 연근을 팬에 기름을 둘러 볶다가 간장으로 간한다. 냄비밥일 경우에는 뜸 들일 때, 전기밥솥일 경우에는 밥이 완성되면 볶은 뿌리채소를 넣어 다시 한 번 쾌속 취사를 해주면 맛이 잘 어우러진다. 그릇에 담고 채 친 깻잎을 올리면 완성.

청유자의 향미가 풋풋하게 감도는

유자우동

유자후추, 유즈코쇼로 불리는 일본의 조미료를 처음 맛본 건 몇 해 전 겨울이었다. 연희동에 막 새 자리를 잡았을 때쯤, 공간을 보러 와주신 분 중 한 분께서 유자후추라고 하시며 내민 선물이었다. 어떻게 먹는지 몰라 조금 덜어 맛을 보았을 때, 유자 향과 매운 고추 맛이 어우러진 독특한 맛에 단번에 반해버렸다. 구운 채소, 육류, 생선 등 구워 먹는 모든 것과 어울리지만 국물에 곁들여 먹길 가장 좋아한다. 뜨끈하고 담백한 국물에 이 유자후추를 조금 풀어 먹으면 유자의 향미와 고추의 매콤함이 부족한 2퍼센트를 꽉 채워준다.

유즈코쇼는 일반적으로 청유자와 청고추로 만드는데, 청유자가 나오는 늦여름과 초가을 사이에 담는다(빨간 유즈코쇼도 있는데, 이는 노란 유자와 홍고추로 담는다. 청유즈코쇼보다 단맛과 향이 강하다). 여름의 열기가 한풀 꺾이면, 청유자 한 박스를 주문한다. 우선 청유자 껍질을 벗겨내야 하는데, 벗겨내어 공기와 접촉하면 빠르게 갈변이 되기 때문에 속도가 중요한, 만만치 않은 작업이다. 그래도 좋은 사람들과 모여서 함께 하다 보면 어느새 유자 껍질이 한가득 쌓인다.

이 작업을 하는 동안 유자로 샤워한 것처럼 풋풋한 청유자 향으로 공간이 채워진다. 한곳에서는 유자를 까고, 유자즙을 짜고, 다른 쪽에서는 청고추와 청양고추를 갈면 유자후추 만들기의 가장 힘든 작업은 일단락된다. 이때 유자즙이 조금 남게 되는데, 그 즙으로는 유자폰즈, 유자간장을 만들어두면 요긴하다. 이렇게 만들어서 일주일 정도 발효하면 되는데, 거의 모든 재료와 잘 어울린다. 메밀국수로도 맛있지만 가좌동의 가타쯔무리의 유자우동이 그리워질 때면 유자우동을 자주 해 먹는다.

유자후추(유즈코쇼) 만드는 법 청유자 껍질과 청고추는 1:1 비율로 준비한다. 소금은 전체 양의 20퍼센트 정도를 준비한다. 청유자 껍질과 청고추는 다지거나 푸드프로세서에 갈아서 소금을 넣어 섞어준다. 이때 유자즙을 조금 넣어주면 향이 좋아진다.

유자우동 만드는 법 실파는 쫑쫑 썰고 생강은 다지거나 얇게 채친다. 우동은 살짝 데친 뒤 찬물에 여러 번 헹궈 쫄깃하게 만든다. 우동을 그릇에 담고 생강과 실파, 유자후추를 조금 얹고 유자폰즈를 둘러 완성한다. 그냥 먹어도 맛있지만 깻잎이나 냉이 같은 향긋한 튀김을 곁들이면 더욱 풍성해진다.

숟가락으로 떠먹는 샐러드

타불레

이 심플한 샐러드의 가장 큰 특징이라면 이탈리안 파슬리와 민트를 꼽을 텐데, 이 두 가지 허브의 향이 오이, 토마토, 적양파 같은 여름 채소의 시원함을 극대화해준다. 여름 채소를 잘게 썰어 꾸스꾸스와 버무린, 떠먹는 샐러드이다. 꾸스꾸스의 식감이 은근히 든든하게 포만감을 주고, 시원한 맛과 향이 만나 상큼한 레몬 향까지 더해지니 여름의 한 끼 식사로도 손색이 없다. 만들어 냉장고에 넣어두면 다음 날까지 맛있게 먹을 수 있다.

파슬리와 민트의 독특한 향 조합 때문인지, 유독 타불레를 만들 때면 언젠가 갈 나라들을, 어떤 반대편 나라의 공기를 잠깐이나마 상상해본다.

　납작한 이탈리안 파슬리를 시중에서 구하기 어렵다면 고불고불한 컬리 파슬리를 사용해도 된다. 파슬리와 민트, 레몬즙, 올리브유의 향이 어우러지면, 파스타로 나온 시중 꾸스꾸스 대신 잡곡인 피나 기장을 사용해도 좋은데, 부드러움보다는 잡곡 특유의 씹는 맛이 좀 더 난다. 기장은 든든한 맛을 내고, 하얀 피는 보다 부드러운 맛을 내준다.

만드는 법　꾸스꾸스는 한 컵을 조리하면 네 명 정도 먹을 수 있다. 꾸스꾸스 파스타 1 : 물 1.5 정도의 분량이 알맞은데, 물에 소금을 넣어 끓여 불을 끈 다음, 넉넉한 볼에 꾸스꾸스 1컵을 넣고 끓인 물을 붓는다. 5분간 익힌 다음 올리브유를 둘러 포크와 손으로 비벼준다. 기장이나 피 조리 시에는 물을 넉넉히 넣고 소금을 넣고 익도록 끓여 체에 건져 준비한다. 오이, 토마토, 적양파는 비슷한 크기로 썰고, 파슬리와 민트 잎은 다진다. 취향에 따라 청피망이나 청고추를 더해도 좋다. 커다란 볼에 꾸스꾸스와 모든 재료를 넣고 간장과 소금 조금, 파프리카 가루와 토마토 페이스트 조금(없으면 생략), 레몬즙, 올리브유를 넣어 버무린다.

누군가에게 지어주고 싶은

무 구기자 밥

가을에는 찬 공기를 맞고 광합성을 알차게 한, 초록 부분이 넉넉한 무가 준비된다. 무의 모든 맛이 초록 부분에 응집되어 있어서 하얀 부분 대신 그 부분만을 계속 먹고 싶은 욕심이 커진다. 그러다 보면 하얀 부분만 남게 되는데, 그건 또 그것대로 조림을 해먹을 수 있으니 약간의 죄책감으로 무의 맛있는 부분을 먼저 즐겨도 되지 않을까. 하여간 그 무 덕분에 겨울이 끝날 때까지 가장 쉽게, 또 자주 해 먹는 것이 무 구기자 밥이다. 쌀과 무, 구기자로 짓는 단순한 한 그릇 밥인데 약간의 소금 간만으로도 한 끼에 두 공기를 거뜬히 비울 수 있다. 포인트는 쌀만큼 듬뿍 무를 넣는 것. 조리 과정이 쉬운 데 비해 맛과 영양까지 챙긴 기분이라 고마운 분께 한 그릇 지어드리고 싶다는 마음이 들게 한다. 구기자가 흔한 식재료는 아니지만 약간의 관심만 기울이면 한국에서 좋은 품질의 구기자를 쉽게 구할 수 있다.

고지베리goji berry라고도 불리는 구기자는 건고추와 대추의 향에 은은한 단맛과 약간의 쓴맛을 갖고 있는데 성질이 차기 때문에 따뜻한 성질인 무와 아주 잘 어우러진다. 밥솥에 들어가기 전 구기자의 맛이 그러하다면 밥이 되어 나왔을 때의 구기자 향은 더욱 복합적이고 고급지다. "구기자 씨는 안 발라내나요?"라고 물을 수도 있겠다. 구기자를 처음 보면 당연히 대추처럼 중앙에 커다란 씨가 있으리라고 생각하는 것 같다. 구기자의 씨는 먹는 데 거리낌이 없을 정도로 여리고 작기에 발라내기 아주 어렵지 않을까. 여러 종류의 요리로 변주해보고 싶은 욕구가 이는 매력적인 식재료이다. 약재로 분류되기에 과한 섭취는 지양해야겠지만.

만드는 법 보통 현미 1과 물을 1:1.5 비율로 불려 준비하는데 채소밥을 할 때는 늘 이 물의 비율을 조절해야 한다. 바싹 마른 채소일 경우에는 물을 한두 큰술 더 넣어주고. 무처럼 물이 많은 채소는 무를 듬뿍 넣는다는 가정하에, 현미와 물의 비율을 1:1 정도로 조절한다. 구기자는 현미 불린 물을 조금 넣어 5분 정도 불려주면 곱게 잘 갈린다. 무는 굵게 채 썬다. 밥솥에 쌀과 구기자 물, 무를 넣어 밥을 안친다. 황금송이버섯의 향이 구기자 밥과 잘 어울리는데 버섯을 넣을 때는 소금에 살짝 절여 물기를 한 번 짜준 뒤, 뜸 들일 때쯤 섞어 넣으면 된다.